à [illegible]

[illegible] bonne promenade en compagnie de [illegible]

le 2 Déc. 2017

1789
on a enlevé Julie

Denis Voignier

1789

on a enlevé Julie

dv – éditions

couverture de Christophe Carmona

dv – editions , Strasbourg , octobre 2010
http://www.dveditions.fr

ISBN 978-2914644-18-1

1

Environs de Saintes / Charentes / juin 1789

Garou s'était redressé soudainement, surgissant de sa cachette comme un diable de sa boîte. Les épaisses haies d'aubépine, tout juste en fleurs, le dissimulaient à merveille, lui et ses compagnons. Des heures qu'ils guettaient le chemin de sable qui serpentait dans la lande, à quelques toises seulement de l'endroit où ils s'étaient tapis. Les dix hommes de son groupe faisaient silence, tendant l'oreille au moindre bruit qui signalerait l'arrivée d'un carrosse. Au lieu de cela, seul le frémissement du feuillage des hauts peupliers qui bordaient la rivière et les pépiements des nombreux oiseaux affairés à la construction ou à la surveillance des nids, résonnaient dans l'air.

Garou passa sa large main rugueuse dans

son épaisse tignasse rousse. Ses yeux, très clairs, scrutaient le chemin et la lisière toute proche. L'impatience le gagnait car le carrosse était en retard. Allait-il seulement venir ? Et lorsque Garou était désappointé, ses deux cents livres de muscles se mettaient à souffrir d'inactivité. Une sensation qu'il n'aimait pas du tout.

Comme pour mettre fin à cette attente, comme si le destin avait entendu ses récriminations, le martèlement régulier et caractéristique de chevaux au trot se fit entendre. Le grincement de roues sur leurs essieux de bois accompagnait le bruit des sabots.

— Psst ! fit Garou, se tournant vers ses compagnons en levant la main droite.

Au bout du chemin, là où le sentier faisait un virage avant l'orée du bois, apparut le carrosse. Tiré par deux chevaux, encadré par quatre hommes d'armes, il se présenta dans la ligne droite. D'un rapide coup d'œil, Garou s'assura que cette voiture était la bonne, qu'il n'y avait pas d'erreur. Que nenni ! Les armoiries peintes sur la porte, deux sabres entrecroisés sur fond bleu nuit, attestaient que la cible était la bonne.

Un deuxième signal – Garou tendit le bras

vers l'avant cette fois – décida l'ensemble du groupe, qui, bondissant vers le sentier en hurlant, se lança à l'assaut du carrosse.

Le cocher, alerté et comprenant le danger, fouetta ses chevaux pour prendre de la vitesse.

— Hue ! Hue ! Allez ! Allez !

Son fouet se levait et retombait sans cesse, violemment. Les chevaux firent un bond soudain mais durent finalement stopper net. Trois des agresseurs occupaient le milieu du sentier et bloquaient le passage.

Les gardes à cheval avaient tiré leurs épées et le cocher avait saisi le fusil qu'il tenait toujours à portée de main, à côté de son siège. Il n'eut cependant pas le temps d'utiliser son arme. L'un des brigands, à l'aide de son pistolet, l'avait mis en joue à quelques pas de distance. Le cocher reposa son arme et leva les mains, en signe de soumission.

Chacun des gardes avait affaire à deux, voire trois combattants à pied. Il ne faisait aucun doute qu'ils ne pourraient résister très longtemps. Garou avait profité de ce remue-ménage pour ouvrir la portière du carrosse, découvrant ainsi deux visages tout aussi apeurés l'un que l'autre.

— Toi, par ici !

Il désignait la plus jeune des deux occupantes. Une jeune fille d'une dizaine d'années, au visage ovale et pâle encadré d'une longue chevelure blonde. Dans ses grands yeux clairs se lisait l'incompréhension.

L'autre passagère, une femme d'une trentaine d'années, sans doute la gouvernante de la demoiselle, poussait des cris de terreur en gesticulant dans tous les sens. La pointe de l'épée que Garou lui posa sur le cou la calma rapidement.

Saisissant alors la jeune fille par le bras, Garou la tira au dehors. Durant ce court laps de temps, les gardes, voyant la partie mal engagée, avaient préféré prendre la fuite. Tant mieux. Ils pourraient ainsi porter la nouvelle : Hortense de Beaudemont venait d'être enlevée par les hommes de Garou le Rouge. Nul doute que les conditions de sa libération seraient rapidement acceptées.

2

Val et Châtillon / Chemin du Baron / avril 2010

Enfin les vacances ! Ce deuxième trimestre avait été fatigant et Julie n'était pas mécontente de pouvoir souffler un peu. Cette seconde année de collège était plus éprouvante que la classe de sixième qu'elle avait réussie haut la main. Non qu'elle eût de mauvais résultats, bien au contraire, elle était plutôt bonne élève, mais Mme Jaffray, sa professeure principale était un véritable bourreau de travail. Les lectures d'auteurs classiques et plus récents s'enchaînaient sans faiblir et elle ne trouvait plus guère le temps, après les cours, ou le week-end, de sortir se dégourdir les jambes en forêt. Pourtant, cette activité lui était absolument indispensable. Depuis toute petite elle passait le plus clair de son temps sur les sentiers environnants, à pied ou en vélo, généralement accompagnée de son cousin François qui malheureusement aujourd'hui n'avait pu se libérer. Lui aussi, depuis qu'il avait intégré le lycée de Lunéville sentait la différence dans la quantité de travail. De plus, lors de ses retours à la ferme de ses parents, il chaussait les bottes ou montait sur le tracteur afin de participer à l'entreprise familiale.

C'est donc seule, par ce clair matin d'avril, que Julie avait gagné Châtillon et le chemin du Baron afin de dénicher les escargots qui élisaient généralement domicile dans les haies qui bordaient le sentier.

Au carrefour des Baulottes, elle avait eu, comme à chaque fois, un pincement au cœur. Plus haut, en suivant la route qui pénétrait dans la forêt, se dressait la Roche des Druides. Elle ne pouvait s'empêcher de repenser à cette aventure qui était survenue, de revoir Gundral, le chef celte vêtu de ses plus beaux vêtements, de repasser mentalement sa main sur la pierre qui portait encore, vingt siècles plus tard, l'inscription laissée par le chef gaulois*.

Elle adossa son vélo contre le tronc d'un jeune bouleau qui faisait l'angle avec la route et

** voir « La Pierre des Druides »*

s'engagea sur le sentier. Ici, à cette époque de l'année, elle le savait, elle trouverait des escargots, des gros, des Bourgogne. Elle venait ici depuis des années et n'était jamais rentrée bredouille. Elle se souvint de cette blague que son frère aîné lui avait faite et qu'elle avait gobée sans méfiance. Son frère s'était engagé dans le sentier, un peu plus en avant et était revenu, souriant, porteur d'un sac apparemment très lourd.

— Eh Julie ! Plus d'une centaine ! En moins de dix minutes, je n'ai jamais vu ça !

Et de sa main libre il tapait sur l'enveloppe du sac qui laissait deviner la forme des coquilles.

— Je t'en ai laissé, il y en a tellement.

Julie n'avait pas demandé son reste. Elle avait couru vers l'endroit indiqué, impatiente de remplir son sachet. Elle avait rapidement déchanté. Pas l'ombre d'une coquille ! Était-ce une mauvaise blague ?

Son frère, hilare, l'attendait en arrière. Il avait vidé le contenu de son sac sur le sol, découvrant une quantité de cailloux ronds et lisses que Julie avait pris pour des gastéropodes. Julie n'avait pu s'empêcher d'être gagnée, elle aussi par cette hilarité et loin d'en vouloir à son frère, elle avait trouvé la blague assez crédible. Elle la resservirait à l'occasion.

C'est donc occupée par ces pensées qu'elle commença à ramasser les précieux animaux. La rosée du matin les avait fait sortir et les bêtes à cornes se promenaient en toute insouciance sur les feuilles ainsi qu'au pied des divers arbustes qui bordaient le chemin. Les feuilles des jeunes plants de mûriers avaient leur préférence et c'est dans ces ronciers que Julie en dénicha le plus. À ce rythme là, elle serait rentrée bien avant la fin de la matinée. Peut-être pourrait-elle même passer à la ferme pour montrer sa récolte à François, histoire de l'agacer un peu.

Les lieux étaient très calmes, on n'entendait ni véhicule passer sur la petite route de Châtillon, de l'autre côté de la Vezouze, ni tronçonneuse vrombir au cœur de la forêt environnante. Aussi, lorsqu'elle entendit des craquements de branches dans le sous-bois situé sur sa gauche, fut-elle surprise. Bah, un promeneur, sans doute comme elle, en quête d'escargots... ou encore un chevreuil en approche et qui, humant l'air de ses naseaux sensibles, hésitait sur la direction à prendre.

Mais les craquements se firent plus proches,

plus forts et, tournant la tête vers la gauche, elle vit apparaître une silhouette qui, sautant le talus de mousse, gagna le sentier.

— Bonjour, fit-elle à l'inconnu qui se tenait à une dizaine de mètres et qu'elle ne distinguait qu'en contre-jour.

L'individu, enveloppé d'une sorte de houppelande à capuche ne lui répondit pas. Il se contenta d'avancer, à pas lents, comme quelqu'un qui s'approche d'une proie et ne veut pas la laisser filer.

Julie se sentait très mal à l'aise. Une alarme venait de s'allumer dans son cerveau. Ce personnage ne lui disait rien qui vaille. À n'en pas douter, il représentait un danger imminent.

— Qui êtes-vous ? Que voulez-vous ?

Malgré sa ferme intention de garder son assurance, sa voix sonnait un peu faux.

— Ah ! Ah ! Tu ne me reconnais donc pas Julie ?

— Vous reconnaître ? Je ne comprends pas.

Et pourtant, il lui semblait identifier cette voix et reconnaître la silhouette. Mais elle chassa vite cette idée saugrenue. Ce n'était pas possible.

— Je sais ce que tu penses Julie. Tu crois que ce n'est pas possible. Et bien détrompe-toi.

C'est bien moi.

Et ce faisant, il rabattit sa capuche, découvrant son visage anguleux, orné d'une barbiche en pointe et dans lequel deux yeux noirs et malicieux brillaient intensément.

— Vous ! Alfonso* !

Pour toute réponse, il s'approcha promptement, profitant de l'effet de surprise qui avait tétanisé la jeune fille. De sa main droite, il appliqua un tissu sur le visage de Julie tandis que son autre bras la retenait pour l'empêcher de fuir et de se débattre. Julie voulut crier, repousser l'individu, mais le produit qui imbibait le tissu et qu'elle reconnut pour être du chloroforme commençait à faire son effet. Les sapins se mirent à onduler, sa vue se brouilla. Elle tenta encore d'appeler au secours, elle vit l'image fugace de son cousin François passer devant ses yeux et elle sombra dans l'inconscience.

** voir « La Rançon du Croisé »*

3

Lorsque Julie ouvrit les yeux, sa vision était encore très floue, brouillée, et l'environnement proche n'était pas vraiment distinct. Elle se frotta les yeux et les choses devinrent un peu plus claires. Elle avait la langue pâteuse et un lancinant mal de tête. Ah oui ! Le chloroforme, Alfonso, l'agression sur le chemin du Baron. Que pouvait donc bien signifier tout ceci ?

Elle se trouvait dans une pièce de petites dimensions de trois mètres de côté tout au plus, aux murs de pierres jointes d'un curieux ciment. L'air, très humide, sentait la moisissure. Le plafond, assez bas, laissait apparaître des solives en partie mangées par les insectes et une porte épaisse constituait la seule issue. Julie, par acquis de conscience, actionna la lourde poignée torsadée, mais le battant était fermé, solidement verrouillé par une énorme serrure métallique. Par l'unique fenêtre de cette pièce, elle ne distingua qu'un bout de ciel gris et les sommets de sapins ondulant sous un léger vent. L'ouverture était un peu haute pour sa taille et il n'y avait dans cette pièce aucun mobilier qui lui aurait permis de l'atteindre. Seule, au sol, une espèce de paillis sur lequel elle avait dormi, elle ne savait d'ailleurs pas combien de temps.

Elle prêta l'oreille, s'approchant du lourd battant de chêne. Des bruits de voix lui provenaient, étouffés par la porte. Elle n'était donc pas seule dans cet endroit qui ne lui rappelait rien de connu. Où pouvait-elle donc se trouver ? Dans un château à priori. Elle réfléchissait aux endroits qui auraient pu convenir dans le secteur proche : Blâmont, Châtillon, Salm... Mais comment Alfonso aurait-il pu la retenir prisonnière – car c'était bien là le terme adéquat – dans un lieu habité ou sujet à visites ? Cela était très étonnant.

Puis, l'inquiétude la gagna. Elle était dans une situation dramatique. Enlevée et prisonnière, quel sort Alfonso lui réservait-il ? Agissait-il par vengeance ou encore dans un but bien précis ? Elle pouvait comprendre l'animosité de l'individu à son égard. Il n'avait certainement pas apprécié que Julie et François fassent échouer le plan qu'il avait préparé lorsqu'il s'apprêtait à dérober les cent cinquante mille marcs d'argent que transportait Aliénor d'Aquitaine pour délivrer son fils Richard. Et puis, venait cette question sans réponse pour le moment : comment Alfonso avait-il pu rejoindre le XXIe siècle ? N'était-il pas resté en 1294 sous la garde des Chevaliers de la Vezouze ?

Ses pensées se dirigèrent ensuite vers sa mère qui devait être folle d'inquiétude. François devait déjà battre la campagne et la gendarmerie avait dû entamer des recherches. Bientôt, espérait-elle, on viendrait la délivrer.

Les chuchotements qu'elle avait perçus à travers la porte se firent plus distincts. On approchait. Instinctivement, alors que le pène se mit à grincer dans la serrure, elle recula vers le mur qui faisait face à la porte.

Alfonso apparut, le visage radieux, les yeux pétillants.

Mais ce qui frappa Julie fut sa tenue vestimentaire. Il avait quitté ses vêtements habituels et portait maintenant un pantalon de grosse toile ainsi qu'un gilet de laine sur une chemise de fin tissu écru. Mais quel était donc cet accoutrement ?

— Et bien, ma belle ? Bien dormi ? dit l'individu d'une voix très enjouée.

—Allez-vous m'expliquer ? Pourquoi m'avez-vous enlevée ? Car il s'agit bien là d'un enlèvement, n'est-ce pas ?

— Du calme, du calme. Les grands mots que voici. Disons que j'ai besoin de toi pour un service un peu particulier, pour une mission délicate.

Julie ne comprenait pas grand chose à tout cela. Mais peut-être effectivement devait-elle faire preuve de patience et attendre les explications de son ravisseur.

— Ah oui, j'oubliais, bienvenue en 1789 !

— Pardon ? Que me chantez-vous là ?

— Tu m'as très bien entendu. Je t'annonce que pour les besoins de cette fameuse mission, j'ai dû te « transporter » à la veille de la Révolution.

Julie comprenait mieux maintenant. Les vêtements d'Alfonso, l'aspect curieux des murs qui ne semblaient pas seulement d'époque, mais qui *étaient* d'époque. A moins que tout ceci ne soit qu'une mise en scène destinée à la déstabiliser. Elle décida de jouer les rebelles, rôle qu'elle savait aisément tenir sans que l'on ait beaucoup à la forcer.

— Je ne vous crois pas Alfonso. Vous mentez, comme toujours.

De radieux, le visage de l'interpellé se fit colérique. Ses yeux devinrent encore plus sombres et ses mâchoires se contractèrent. Alfonso, visiblement, avait horreur que l'on mette sa parole en doute.

— Très bien, puisque c'est ainsi. Viens avec moi. Passe devant et... pas d'entourloupe, je t'ai à l'œil.

4

Julie dut effectivement en convenir, elle avait réellement changé de siècle. Ce qu'elle avait observé lors de la visite des lieux avec Alfonso la faisait pencher pour le XVIIIe siècle. Vérifier que l'on était bien en 1789 était plus difficile mais pourquoi Alfonso, qui n'avait pas menti sur le siècle, l'aurait-il fait pour l'année ? Par contre, l'explication du retour du malfaiteur au XXIe siècle puis de son transfert à cette époque était toujours un mystère.

En quittant sa « cellule », son geôlier l'avait conduite dans une vaste salle située au bas du château. Celui-ci lui était d'ailleurs totalement inconnu et Alfonso lui avait délivré les informations nécessaires.

— Tu es ici en Charentes, pas très loin de Saintes. J'espère que tu connais ta géographie.

Julie connaissait la carte des régions de France et n'eut aucune peine à localiser ce secteur. Qu'elle était loin de Val-et-Châtillon ! À la fois dans l'espace et dans le temps. Des larmes lui vinrent lorsqu'elle pensa à son adorable petit village adossé aux premiers contreforts vosgiens et lorsqu'elle revit le visage de sa mère toujours bienveillante à son égard. Les reverrait-elle un jour ? Cette peine se transforma en colère. Elle n'en fit rien paraître mais elle se promit de tout faire pour contrecarrer les plans d'Alfonso, quels qu'ils soient.

Dans la grande salle où ils s'étaient rendus, elle observa le mobilier, la vaisselle disposée sur la grande table centrale, les tapisseries et les toiles ornant les murs. L'aspect des lieux semblait assez conforme à l'époque. Mais peut-être s'agissait-il là d'une mise en scène ?

— Je vois que tu doutes encore, n'est-ce pas ?

Julie ne daigna pas répondre. Cela obligerait peut-être Alfonso à parler plus librement, plus qu'il ne l'aurait voulu et à dévoiler ainsi ses projets.

L'homme la saisit par le bras et la tira sans ménagement vers une grande porte-fenêtre qui donnait sur une terrasse carrelée. Un escalier assez imposant menait à une esplanade de petits cailloux, bordée de massifs d'arbustes à peine en fleurs pour la plupart. Un peu plus loin, elle distinguait la grille de fer forgé d'un portail monumental.

— Retourne-toi, lui intima alors l'individu et observe ce château.

Julie obéit sans rechigner. La bâtisse n'était pas franchement médiévale mais n'affectait pas non plus l'aspect des châteaux du XVIIIe. Elle l'aurait bien située fin XVe, à la limite du commencement de la Renaissance. Elle repéra la tour, haute d'une vingtaine de mètres dans laquelle elle avait été enfermée. Elle jeta ensuite un regard circulaire. Pas de pylône, pas de poteau électrique ou téléphonique. Pas non plus d'ouvrage en ciment, en béton ou autre matériau contemporain. Et en tendant l'oreille, pas de bruit de circulation automobile ou d'une quelconque machine à moteur.

— Jehan ! cria soudainement Alfonso en se tournant vers l'angle du châtelet qui devait masquer des dépendances. Jehan ! Où es-tu donc ?

Julie entendit crisser les cailloux et un gaillard d'assez haute taille, plutôt mince, fit son apparition. Il avait le visage maigre, les joues un peu creuses et recouvertes d'une barbe de quelques jours. Comme Alfonso, il était vêtu à la mode fin XVIIIe. Se pouvait-il qu'il fasse partie d'une mascarade lui aussi ou bien était-il authentique?

— Des nouvelles de Bertrand ?

— Pas que je sache Alfan, il n'est pas encore de retour.

Julie nota au passage qu'Alfonso avait adapté son prénom afin de le rendre de circonstance.

— J'espère qu'il ne tardera plus, nous devons lancer notre opération bientôt.

— Je suis bien d'accord, cette attente a assez duré. Mais dis-moi, tu avais donc raison. Il désignait Julie.

— Bien entendu. Je n'ai pas pour habitude de raconter des histoires. Une véritable sœur jumelle.

— Et comment se nomme cette demoiselle, reprit le nouveau venu tout en approchant de quelques pas. Il semblait étonné par les vêtements qu'elle portait car il les observait avec attention.

— Julie. Et tu vas voir, c'est une véritable petite peste. Mais je pense qu'elle va bien vite se calmer lorsque nous lui aurons expliqué de quoi il retourne.

— Je ne sais pas si je suis une petite peste, rétorqua Julie, visiblement en colère, mais vous, vous êtes des malfaiteurs de la pire espèce et vous finirez par payer pour vos forfaits !

— Tu as raison, Alfan, cette petite a du caractère. Ah ! Ah !

— Pour commencer, nous allons lui trouver de quoi changer d'allure. As-tu ce qu'il faut ?

— J'ai rapporté des vêtements de la Ferrière. Cela devrait convenir. Nous allons en faire une véritable petite comtesse.

Julie ne comprenait rien à cette discussion étrange et elle allait demander de nouvelles explications lorsqu'un cavalier apparut au bout de l'allée qui menait au perron du château.

— Ah, voilà Bertrand.

— C'est parfait. J'espère que les nouvelles sont bonnes.

Le cavalier stoppa devant le groupe et sauta au bas de sa monture, un magnifique cheval noir à l'allure élancée. C'était un homme un peu rondouillard, de taille moyenne, le cou épais et court, presque inexistant. Ses longs cheveux noirs étaient rabattus sur le côté de sa tête. Une longue cicatrice rouge et boursouflée lui barrait la partie gauche du visage, de la pommette au haut de la tempe.

— Eh bien, Bertrand, as-tu du nouveau à nous communiquer ?

— Je crois que oui, Alfan. Le Comte de Beaudemont confirme le voyage prévu. Il paraît que sa fille doit se rendre, sous escorte restreinte, aux Forges afin de rendre visite à une tante éloignée. Mais je suppose plutôt que le Comte désire la mettre à l'abri quelque temps. Cette tante habite du côté de Nantes, en pays plus favorable au Roi, il pense qu'elle y sera en sécurité.

— Très bien. Et concernant Garou ?

— Comme prévu. J'ai rencontré quelques-uns de ses comparses à Ferrière et quelques gobelets de mauvais vin ont suffi à les faire parler. Il s'apprête, comme nous le supposions, à enlever la fille du Comte.

Alfonso eut un petit sourire et réfléchit un instant.

— As-tu des précisions sur ce voyage ?

— Oui, c'est pour demain matin, première heure.

— Alors ne tardons pas. Jehan, emmène la petite et donne lui ces fameux vêtements. Qu'elle les mette sur l'heure puis remmène-la dans la tour.

— Mais... qu'est-ce que c'est que cette histoire? Allez-vous m'expliquer à la fin ? s'écria Julie.

— Très bientôt. Je vais t'expliquer de quoi il retourne très bientôt. Rassure-toi. Tu devrais être contente. Tu vas gagner du galon ! Comtesse, te rends-tu compte ?

5

Et c'est ainsi que Julie devint Hortense de Beaudemont, fille unique du Comte du même nom, propriétaire d'un immense domaine et chef de plusieurs régiments de soldats du Roi Louis XVI. Alfonso l'avait emmenée chez le Comte qui ne résidait qu'à quelques lieues du châtelet où elle était retenue prisonnière. Elle commença alors à comprendre ce que préparait le malfaiteur.

Le Comte, nerveux, faisait les cent pas sur le perron de son château. C'était un homme d'une cinquantaine d'années, au visage rond et jovial et à l'abondante chevelure grise presque blanche. Il s'approcha à grandes enjambées et se plaçant devant la jeune fille, l'observa attentivement.

Son visage reflétait à la fois l'étonnement et la satisfaction.

— Tu ne m'avais effectivement pas menti,

Alfan. La ressemblance est étonnante. C'est absolument parfait. Les rebelles n'y verront que du feu. La voiture est prête, le cocher prépare les chevaux et vous pourrez vous mettre en route.

— Et Hortense ? demanda Alfonso.

— Tu t'en occupes et tu la mets en lieu sûr le temps que tout ceci se calme. Le Roi aura tôt fait de remettre de l'ordre dans le pays. Et si cela n'était pas le cas, les soldats se chargeront bien vite de remettre ces rebelles dans le droit chemin.

Julie commençait à comprendre le but de la manœuvre. On allait lui faire prendre la place de la fille du Comte. Pendant ce temps, Hortense serait mise en sécurité et les rebelles dont le Comte avait parlé en seraient pour leurs frais.

Un bruit de sabots se fit entendre. Une voiture apparut, tirée par deux chevaux. Sur les portes de ce carrosse, deux sabres entrecroisés sur un fond bleu nuit : les armoiries du Comte, sans doute.

Le cocher stoppa l'attelage à quelques pas du perron.

— Où sont les gardes ? demanda Alfonso.

— Ils vous attendent à la sortie du domaine

et escorteront le carrosse. En cas d'attaque, ils ont pour consigne de ne pas faire de zèle et de prendre la poudre d'escampette. Je n'ai nullement envie de perdre quatre de mes hommes pour cette petite inconnue.

Les yeux de Julie lancèrent des éclairs. Sa vie, aux yeux du Comte de Beaudemont, n'avait pas l'air de valoir grand chose. Le maître des lieux, trop content d'avoir trouvé le moyen de sauver sa fille ne ferait pas grand cas de Julie. Personne ne chercherait à la délivrer et les rebelles, s'ils s'apercevaient de la supercherie pourraient peut-être la faire disparaître. Elle ne voyait vraiment aucune porte de sortie à cette situation infernale. Devant ce spectacle presque incroyable, elle en avait oublié la position dans laquelle elle se trouvait. Intriguée et curieuse à la fois de savoir ce qu'Alfonso préparait, elle avait oublié qu'elle se trouvait très loin de chez elle, très loin des siens, à une époque dont elle risquait fort de ne jamais revenir. Elle se sentait tellement impuissante, incapable de réagir. Elle ne pouvait que subir et cela l'inquiétait au plus haut point. Et pendant ce temps, que faisait sa mère ? Et les gendarmes ? François avait-il encore les moyens de se « transporter » ? Et même si cela était possible comment saurait-il quelle époque précise il devrait rejoindre ? Non, tout cela était vraiment trop hypothétique. Julie allait devoir se débrouiller seule.

Le Comte se tourna vers le haut de l'escalier et appela d'une voix forte.

— Constance ! Où êtes-vous ?

— Je suis là, Monsieur le Comte, je suis là.

Une femme, d'une trentaine d'années, l'air inquiet, surgit en haut des marches.

— Constance, ma fille est-elle prête ?

— Oui, Monsieur le Comte, dois-je vous l'amener ?

— Oui, Constance, il est grand temps. Alfan va se charger de la mettre à l'abri quelque temps.

La gouvernante, puisque ce devait être elle, disparut par l'immense porte-fenêtre à meneaux. On l'entendit appeler à plusieurs reprises, sa voix résonnant dans le hall de marbre que Julie apercevait en partie depuis le bas de l'escalier.

Ce ne fut guère long. Une silhouette apparut sur le seuil. Julie en resta bouche bée. La nouvelle venue avait sensiblement sa taille et son âge. Dans son visage ovale et pâle, encadré par une longue chevelure blonde, deux yeux clairs la regardaient intensément. Ni l'une ni l'autre ne croyait à ce qu'elle voyait. Hortense était quasiment la copie conforme de Julie. Un sosie, voilà ce qu'elle était. Julie savait que cela pouvait exister mais cette fois elle en avait la preuve devant les yeux. Et elle était directement concernée !

Hortense elle aussi était interloquée et fit quelques pas dans sa direction. Elle adressa un petit sourire à Julie qui le lui rendit. La fille du Comte sembla vouloir parler, lui adresser quelques mots, mais son père réagit très vite. D'un geste de la main, il fit signe à Constance de s'occuper de sa fille. La gouvernante la saisit par le bras et l'entraîna sur le côté du château. Hortense se laissa emmener à regrets, tourna la tête en direction de Julie puis de son père qu'elle implora du regard. Au bout de la petite allée qu'elle avait empruntée, un nouveau personnage, vêtu comme un palefrenier, avait préparé une petite voiture découverte tirée par un unique cheval. Il y installa la jeune fille tandis que la gouvernante revenait à grands pas.

— Tu peux l'emmener, Alfan. Tu me tiendras informé.

— Bien entendu, Monsieur le Comte, vous

pouvez me faire confiance.

Il eut ce petit sourire que Julie ne connaissait que trop et qui laissait planer un doute sur ses intentions réelles. Mais Julie n'eut pas le temps de se poser d'autres questions, la gouvernante étant là, à ses côtés, et l'ayant attrapée par la main, la fit monter dans le carrosse armorié. La porte claqua et la poigne ferme de Constance la cloua sur la petite banquette de cuir. Le cocher fit claquer son fouet et la voiture se mit en marche. Par la fenêtre, elle aperçut Alfonso qui lui faisait un petit signe de la main en guise d'adieu.

Tout espoir de retourner chez elle venait sans doute de s'évanouir.

6

Le carrosse franchit le portail et gagna un chemin de terre qui sillonnait à travers champs. N'eût été la situation plutôt dramatique, Julie aurait admiré le paysage. Au détour d'un virage, quatre hommes en armes, vêtus de baudriers rouges et de chapeaux à cornes, vinrent se placer sur les côtés de la voiture, en deux groupes. Les fameux gardes dont avait parlé le Comte.

La gouvernante avait pris une mine renfrognée. On sentait bien qu'elle ne désirait pas engager la conversation sur un sujet aussi sensible que cette prise d'otage dont elle se faisait complice.

Julie se lança tout de même.

— Pourquoi faites-vous cela ? demanda-t-elle, fixant Constance dans les yeux.

— Obligée, je suis obligée... lâcha la gouvernante dans un souffle presque inaudible.

— Comment cela obligée ?

— Monsieur le Comte, il a donné un lopin de terre à mon frère Martial. Oh ! Pas plus d'un arpent. Mais cela lui suffit pour nourrir sa famille. Il y a aussi une petite cabane. Si je n'obéis pas...

Julie comprenait mieux. Constance ne pouvait désobéir. Les avantages alloués à son frère auraient pu disparaître.

— Mais pourquoi le Comte craint-il autant pour sa fille ? demanda-t-elle encore.

— Monsieur le Comte dirige une forte garnison de plus de mille soldats. En enlevant Hortense, les rebelles pourraient bien obliger mon maître à laisser le passage vers Paris.

— Vers Paris ?

— Oui. Avec tous ces troubles dans les campagnes, des groupes de paysans et d'artisans ont l'intention d'aller à Paris pour demander des explications au Roi. La situation n'est pas facile en ce moment. Avec les mauvaises récoltes de l'année passée et le prix du pain qui a presque doublé. Les États Généraux que le Roi a réunis le mois dernier s'enlisent. Les discussions n'ont encore rien donné et l'agitation se fait grande à Paris.

— Et Hortense ? Que va-t-elle devenir ?

— Monsieur Alfan va l'emmener en pays breton. Les partisans de notre bon Roi y sont nombreux.

Bien entendu, Julie connaissait cette histoire par cœur. Ce qu'elle savait moins c'est ce qu'Alfonso avait vraiment l'intention de faire de la fille du Comte.

Une question lui brûlait les lèvres. La gouvernante, finalement, ayant plutôt envie de se confier, elle poursuivit :

— Et cet Alfan ? D'où vient-il donc ?

— Je n'en sais trop rien. Monsieur le Comte avait besoin d'un homme à tout faire, d'un homme de confiance. Il a rencontré Alfan sur un marché, je crois, à Ferrière. Depuis, il lui confie toutes sortes de missions dont je ne suis pas au courant.

Le carrosse longeait maintenant une forêt. Les roues de bois crissaient sur le sable du sentier lorsque des cris se firent entendre.

— Mon Dieu ! se mit à crier Constance. Une attaque ! Les rebelles ! Ils vont nous tuer, tous !

Julie risqua un œil par la portière. Des hommes couraient vers le carrosse, brandissant de longues épées. D'autres s'étaient placés plus en avant, sur le chemin, et malgré les tentatives du cocher, la voiture finit par stopper. Pas de doute, c'était bel et bien une attaque en règle.

Elle entendit les bruits des épées qui s'entrechoquaient et même un coup de feu. À ses côtés, la gouvernante poussait des cris d'effroi qui lui perçaient les tympans.

La portière s'ouvrit soudainement. Un homme, de haute taille, sa longue chevelure rousse retombant sur ses épaules, apparut dans la petite ouverture. Il dévisagea les deux occupantes et afficha alors un sourire satisfait. Désignant Julie, il parla d'une voix forte :

— Toi ! Par ici !

Les pièces du puzzle se mettaient en place. Après l'échange, l'enlèvement. Julie se dit que le mieux à faire pour le moment était de se laisser porter par les événements. Elle n'opposa donc aucune résistance. D'ailleurs, l'aurait-elle pu ? À ses côtés, Constance continuait à pousser des cris. L'homme lui appliqua la pointe de son épée sur la base du cou, ce qui eut pour effet de la calmer immédiatement. Puis, prenant Julie par la main, il la tira à l'extérieur. Les gardes avaient disparu. Ils s'étaient enfuis. Quant au cocher, immobile sur son siège, les mains levées, il attendait qu'on le laisse repartir.

7

Pour la vingtième fois, François tournait et retournait la petite boule de matière violette au creux de sa main. La sphère gélatineuse l'intriguait fortement. Il fit quelques pas sur le chemin du Baron mais ne découvrit pas d'autres indices. À dire vrai, celui-ci était plus que suffisant.

Le gyrophare bleuté du véhicule de la Gendarmerie de Cirey lançait ses éclairs sur le feuillage des arbres.

Avec la nuit qui était maintenant presque tombée, cela rendait l'endroit et la situation presque irréels.

Le brigadier Chopin avait immédiatement mis en œuvre les mesures nécessaires. Dès que l'alerte avait été donnée, le secteur, les routes, avaient été bouclés dans un rayon de plus de vingt kilomètres. Des barrages avaient déjà permis de contrôler des centaines de véhicules, la photo de Julie avait été transmise aux gares de péages autoroutiers de la région, aux services de surveillance des gares et des aéroports. Bien entendu, jusqu'à présent, cela n'avait rien donné.

François se décida enfin et se dirigea vers le fonctionnaire.

— Brigadier, il faut que je vous parle.

Chopin fronça tout d'abord les sourcils, puis, reconnaissant le garçon, afficha un sourire bienveillant. Le gendarme était nouvellement nommé dans le canton, mais connaissait François. Il était intervenu récemment à la ferme de ses parents pour un vol de matériel agricole.

— Ah, François. Que puis-je pour toi ?

François se dit que c'était plutôt lui qui pourrait quelque chose pour le fonctionnaire.

— Je pense que vous ne la retrouverez pas... du moins pas avec les moyens conventionnels.

Le large sourire de Chopin se figea puis s'effaça instantanément. Comment ce gamin osait-il mettre en doute l'efficacité des moyens de la Gendarmerie Nationale ?

— Que veux-tu dire François ?

Pour toute réponse, François ouvrit la main

et présenta la petite sphère violette qui brillait doucement dans la pénombre.

— Elle n'est pas ici, Brigadier. Enfin, pas à notre époque.

Le fonctionnaire effectua un rapide tri des informations dont il disposait.

— Ah ! Encore cette fumeuse histoire de boule magique.

— Vous avez tort de prendre ceci à la légère, Brigadier. Le Commissaire Menaz, lui...

— Laisse le Commissaire Menaz en dehors de tout ceci. Il est parti pour Nice depuis un moment et j'ai bien peur qu'il n'ait gobé un peu trop facilement toute cette histoire de voyage dans le temps.

— Ceci devrait pourtant vous alerter, reprit François, en désignant, une fois encore, la petite sphère violette. Quelqu'un a utilisé ceci afin d'entraîner Julie dans une autre époque. Ce résidu a dû chuter au sol.

— Des balivernes, des balivernes...

— Alors comment expliquez-vous donc sa présence ?

— Je ne l'explique pas. Mais si tu veux, je peux, pour te faire plaisir, garder cet élément comme indice.

— Non, désolé Brigadier. Je la garde. Que

feriez-vous d'une « baliverne » dans votre enquête. Faites comme si je ne vous avais pas parlé.

L'aplomb du jeune homme cloua le gendarme sur place, qui, haussant les épaules, s'en retourna à son véhicule et héla ses collègues.

— On rentre. Il n'y a plus rien à faire ici.

François récupéra son vélo. Il allait contacter le Professeur Nollet. Lui, comprendrait et pourrait peut-être l'aider.

De retour à la ferme, et ayant rapidement informé ses parents, François avait bondi sur le téléphone. Par chance, le portable du Professeur Nollet était encore allumé. En quelques mots, il mit l'enseignant au courant des derniers et très inquiétants événements. Le Professeur resta silencieux un moment, interloqué.

— Je ne comprends pas, je ne comprends pas... Qui donc peut...?

— Alfonso, Professeur. Je ne vois que lui.

— Alfonso ? Mais comment est-ce possible ? Nous l'avions confié à la garde des Chevaliers de la Vezouze, en 1294. Comment aurait-il pu revenir ?

— Je ne vois personne d'autre qui puisse posséder la gélatine. À moins que vous n'ayez subi un autre vol au Lycée ?

— Non. Tu penses bien que depuis cette dernière affaire, j'ai redoublé de précautions.

— Je suis très inquiet, vous savez. Si Alfonso est revenu et a enlevé Julie par vengeance, nous risquons de ne plus la revoir.

— Tout espoir n'est pas perdu François. Surtout si comme tu le dis, tu as récupéré un échantillon de la gélatine qui aurait servi au « transfert ».

— Comment cela ?

— Tu connais ma grande curiosité. J'ai continué à travailler sur cette matière étonnante et en ai découvert de nouvelles propriétés.

— Lesquelles Professeur ? Lesquelles ? questionna François, sentant soudain poindre une lueur d'espoir.

— En deux mots, la gélatine garde une trace de ses « voyages ». Je devrais donc pouvoir localiser Julie.

François n'en croyait pas ses oreilles. Cette possibilité, si elle se confirmait, ouvrait de nouvelles perspectives. Il pourrait donc retrouver sa cousine et l'arracher aux griffes d'Alfonso.

— Est-ce que ...?

Le Professeur n'attendit pas la fin de la question. Il en connaissait le contenu.

— Bien entendu. Dès demain matin, à la première heure. Il ne faut pas tarder.

François ne dormit pas très bien. Il se réveilla très souvent, consultant son réveil de façon systématique. Les aiguilles n'avançaient pas assez vite à son goût. A six heures, il était déjà debout, à six heures quinze il avait englouti un frugal petit déjeuner, à sept heures moins le quart il avait préparé un sac à dos avec tout le nécessaire pour une expédition vers l'inconnu et dans la minute qui avait suivi, il avait enfourché sa vieille mobylette grise pour rejoindre le Professeur Nollet.

8

Les craintes de François s'estompèrent sensiblement lorsque le Professeur lui confirma que la quantité de matière était suffisante pour se lancer à la recherche d'indices. La sphère n'excédait pas la taille d'un petit pois, mais le chercheur avait mis au point une technique qui permettait de travailler sur de petites quantités. Seul inconvénient cependant, une fois l'analyse des données effectuée, la « mémoire » était effacée et le produit totalement inutilisable.

Le Professeur habitait un modeste pavillon à quelques kilomètres à l'ouest de Lunéville. Il avait installé dans son sous-sol une sorte de laboratoire. Dans le local sans fenêtres et éclairé par deux tubes néons bleutés, des câbles de divers diamètres et de différentes couleurs couraient le long des parois. Ils reliaient de nombreux appareils disposés sur des étagères. François ne devina pas le rôle de tous ces instruments car ils ne ressemblaient à rien de connu. Sans doute du fait main. Le Professeur, devant le visage surpris de son élève, eut un petit sourire.

— Oui, je sais, c'est un peu le bazar. Après les cours, le soir, ou encore le week-end, je me réfugie ici à la recherche de nouvelles études. J'ai toujours été passionné par l'électricité, l'électronique et les champs électromagnétiques...

— Et vous avez entrepris d'étudier cette curieuse matière.

— Oui. Et je dois avouer que j'ai réalisé de belles avancées, bien que je pense ne pas avoir encore tout découvert à son sujet, loin s'en faut.

Et le Professeur, qui soudain sembla se trouver dans sa salle de cours, se lança dans une longue explication qui subjugua le jeune garçon.

— Cette matière, comme nous le savons depuis un moment déjà, a une structure que je n'ai pu analyser. Elle n'existe pas sur notre planète bien que l'on y retrouve quelques-uns des composants hydrocarbonés terrestres.

— C'est parce que nous avons toujours

pensé qu'elle avait été égarée ici par une civilisation extra-terrestre. Souvenez-vous, cet ovni observé il y a deux ans au-dessus de la forêt de Val-et-Châtillon. Le lendemain, l'énorme masse de gélatine placée sous la Roche des Druides avait disparu.

— C'est juste. Cela pourrait confirmer notre hypothèse. Nos visiteurs sont venus récupérer leur bien. Enfin, presque tout...

Ce disant, il s'était dirigé vers une sorte d'armoire forte constituée d'un métal bleui. La porte était munie d'une roue comme l'on en trouve sur les écoutilles des sous-marins. Le Professeur avait engagé une longue et curieuse clef crénelée tirée de sa poche avant de composer un code à douze chiffres sur un clavier digital.

— Ce métal est quasiment indestructible. Le coffre est scellé dans le mur et le sol par des tiges d'acier. On ne peut tenter le code que deux fois, après, pfft !

— Pfft ?

— On ne peut plus l'ouvrir. Seule la société qui s'occupe de la télésurveillance de ce local et de ce coffre peut me dépanner.

Un bip court signala le déverrouillage du battant blindé.

— Voilà ce dont nous disposons.

Sur un rayon de plastique translucide, dans un bocal de verre hermétiquement fermé par un couvercle à vis, une masse violette scintillait. Son volume devait avoisiner le demi-litre. Ce n'était pas énorme mais suffisant pour travailler. Cependant, le Professeur devait rester prudent, car tout échantillon testé devenait inutilisable et il ne fallait pas réduire cette masse à néant, au risque de ne plus pouvoir ni travailler, ni effectuer des déplacements dans le temps, si nécessaire.

François posa la question qui lui brûlait les lèvres :

— Avez-vous déjà essayé de...

— Tu penses bien que oui. Mais rien à faire. Impossible de dupliquer cette matière. Les composants inconnus et inexistants sur Terre empêchent de pouvoir fabriquer nous-mêmes cette... chose. C'est pour cela que je l'utilise avec parcimonie.

— N'avez-vous pas essayé de travailler conjointement avec des scientifiques ?

Le Professeur Nollet ne s'offusqua pas de cette question qui aurait pu signifier que d'autres chercheurs, plus calés que lui, auraient peut-être réussi là où il avait échoué.

— J'y ai songé, c'est vrai. Mais j'ai toujours la crainte que les militaires ne s'en mêlent et recherchent une exploitation de ce produit à des fins guerrières. On peut imaginer bon nombre de dérives et de multiples utilisations qui trouveraient leur place dans le cadre de l'armée, tu ne crois pas ? En faire peut-être une arme nouvelle et apporter encore un peu plus de malheur et de destruction à notre pauvre humanité qui n'en a vraiment pas besoin.

— Vous avez raison Professeur. C'est donc pour cela que finalement, pour l'instant, cette découverte est toujours secrète.

— Oui. Et je préférerais qu'elle le reste.

— N'ayez crainte. En fait, les quelques personnes auxquelles j'ai pu en parler m'ont pris pour un illuminé. Il n'y a donc pas grand risque de ce côté.

— Très bien. Alors revenons à nos affaires.

Et le Professeur reprit ses explications.

— Comme je suis très curieux et que je souhaitais vraiment tout savoir sur cette gélatine, je lui ai fait passer tous les tests possibles et inimaginables qu'une matière peut subir. À part les critères basiques tels que la consistance, la masse volumique, la solubilité ou la résistance à la chaleur, qui n'apportent pas grand chose de primordial, les tests électriques et électromagnétiques se sont révélés très intéressants.

Il fit une pause, prenant sa respiration. François était bouche bée, attendant la suite avec impatience.

— Cette gélatine émet une radiation sur une longueur d'onde bien précise, un peu comme nos radios FM. Cette longueur d'onde varie selon l'instant où l'on pratique le test. Ainsi, la longueur d'onde émise en ce moment n'est déjà plus la même que tout à l'heure lorsque nous sommes entrés dans cette pièce.

— Incroyable. Comment vous expliquez ça ?

— Je ne l'explique pas François, justement. Je ne fais que le constater. Pas moyen de trouver le comment et le pourquoi de cet étonnant phénomène. Mais d'un autre côté, c'est ce qui donne ce pouvoir à cette matière et ce qui nous permet d'agir dessus. Tu me suis ?

— Oui, oui, très bien. J'ai déjà agi sur la gélatine, donc je vous suis parfaitement.

Le Professeur saisit, dans un autre bocal, de taille plus réduite, un échantillon de gélatine de la taille d'un grain de maïs. Pour ce faire, il avait utilisé une petite pince en plastique.

— Pas de métal, surtout pas. Les ondes

réagiraient et le test pourrait être faussé. Rien que des matériaux non conducteurs.

Il plaça l'échantillon sur une lamelle semblable à celles que l'on utilise pendant les travaux pratiques de chimie et enfourna le tout dans une sorte de micro-ondes. Le professeur pressa un bouton situé sur la façade de l'appareil dont l'intérieur s'éclaira tandis que la lamelle, sur un plateau tournant, était bombardée de rayons bleutés.

— Regarde par ici, dit-il en se tournant vers un écran cathodique de petite taille.

Des courbes défilaient, s'entrecroisaient sur un repère à deux dimensions comme ceux que l'on utilise pour construire des graphiques. Dans une petite fenêtre, des chiffres clignotaient jusqu'à ce qu'un cadre apparaisse en plein centre de l'écran. François bouillait d'impatience de voir l'expérience aboutir.

— Voilà, c'est fait. Tu peux voir par toi-même, 457.8794 THz.

— Tétra Hertz ? C'est incroyable !

— Mais vrai. Une fréquence ultra rapide. C'est ce qui lui donne sa finesse et sa précision. Tu as donc devant toi la fréquence de notre échantillon de gélatine au moment de ce test. Là, dans ce coin, à droite, tu as la date, avec les nanosecondes*. Mais, tu n'as pas encore tout vu. Pendant que nous discutons, mes appareils continuent leurs calculs et lisent la « mémoire » de notre échantillon. C'est un peu plus ardu comme travail, donc un peu plus long, mais ça ne devrait pas tarder.

En effet, un nouveau listing était apparu. La fréquence y apparaissait toujours, mais trois autres y étaient adjointes, de valeurs différentes.

— Et voilà. Avec ça, un petit calcul de base pour l'ordinateur et nous aurons les trois dates correspondant aux trois fréquences affichées ici. Ainsi nous saurons où a voyagé cette gélatine.

— Vous êtes un as Professeur ! Vous êtes vraiment un as !

— Non, François. Juste un peu de travail et d'obstination et... de la chance.

Une imprimante se mit à bourdonner. Nollet saisit la feuille A4 et l'observa attentivement.

— 180 avant notre ère, ça nous le savions déjà, 1294, ce n'est pas une surprise non plus et 1450, le voyage au Pays de Langstein.

— Formidable. C'est un véritable agenda vo-

** 10-9 s. soit 1 milliardième de seconde*

tre truc. Donc, vous pensez qu'avec ça... ?

François avait extirpé, de son sac à dos, une petite pochette isotherme dans laquelle se trouvait la petite sphère retrouvée chemin du Baron.

— Ça devrait, François, ça devrait. Mais nous n'aurons droit qu'à un seul essai.

En effet, la quantité de matière étant peu importante, le Professeur ne pouvait pas travailler en morcelant la sphère. Il n'y aurait donc qu'une seule tentative.

— Ne t'inquiète pas François, ne t'inquiète pas, ça va marcher.

François cette fois, ne répondit pas. Son moral était en chute libre. Si l'expérience ratait, il ne s'en remettrait jamais.

— Lorsque nous aurons les renseignements, reprit le Professeur qui préférait visiblement jouer la carte de l'optimisme, je t'expliquerai comment programmer les déplacements de façon très précise. Autant la gélatine émet une fréquence particulière, si on la place en résonance avec une fréquence imposée, elle se transfère à la période correspondante. J'ai pour ce faire des petits quartz que je règle au poil et qu'il suffit d'insérer dans la matière. Mais nous en reparlerons après.

François avait ouvert la pochette isotherme et laissé le Professeur se saisir de la sphère à l'aide de sa petite pince isolante. Comme précédemment, il mit l'échantillon sur une lamelle et plaça l'ensemble dans le « micro-ondes ». Il vérifia ensuite chacun des autres instruments, les câblages, les connexions. Il ne fallait prendre aucun risque. Un petit check-up n'était pas superflu et rassura François. Le Professeur se tourna vers son élève, remonta ses lunettes qui avaient tendance à glisser sur son nez et appliqua une petite tape sur l'épaule du garçon.

— On y va ?

François cligna des yeux et serra les poings.

Le Professeur enfonça le bouton de son appareil. L'intérieur s'illumina et les éclairs bleutés entamèrent leur folle danse. Un claquement sec se fit entendre du côté de la porte d'accès, là où se trouvait fixé au mur un complexe tableau d'alimentation électrique. Les néons de la pièce s'éteignirent, les écrans cathodiques donnèrent des signes de faiblesse tandis que le « micro-ondes » émettait des sons stridents et inquiétants.

— Nom de Dieu ! Qu'est-ce que...?

— Que se passe-t-il Professeur ? Que se

passe-t-il ?

— Le secteur, c'est fréquent par ici. Des baisses de courant à tout moment, ça fait des années que ça dure.

Pendant cet échange, les néons s'étaient rallumés, les écrans reprenaient vie et les éclairs avaient repris leur manège infernal. Un ronronnement puissant se faisait entendre du fond du local, derrière François.

— Parfait, le groupe s'est mis en marche. Sauvés.

— Sauvés ?

— Lorsque le courant lâche, un groupe électrogène prend automatiquement le relais. Et ne t'inquiète pas pour l'analyse, les données extraites avant l'incident ont été stockées et seront accolées à celles qui affluent maintenant vers l'unité centrale.

François espérait que le Professeur ne se trompe pas. Il semblait avoir toute confiance en sa machinerie et c'est d'un pas très calme qu'il se dirigea vers les écrans cathodiques et l'imprimante. L'attente fut un peu plus longue que précédemment, l'incident électrique y était certainement pour quelque chose. Enfin, l'imprimante se mit à crépiter et le Professeur tira doucement sur la feuille A4. Il se mit à lire silencieusement tandis que François avait fermé les yeux.

— Tu peux ouvrir les yeux. Les nouvelles sont bonnes.

— Oui ?

— 1789. Juin pour être exact. D'autres calculs affineront bientôt la date et je pourrai déterminer le jour. Ainsi Julie a rejoint une année cruciale de notre Histoire. Je me demande bien ce qu'Alfonso peut avoir à y faire. Je vois aussi 1294, mais ça c'est logique, puisque nous l'avions laissé avec nos amis de la Vezouze à cette date et puis encore 2009, ça c'est beaucoup plus curieux.

— Il serait venu faire un tour ici ? Peut-être vous espionner et glaner des informations ?

— J'en doute. J'avais déjà pris des mesures de protection très solides. Mais qu'importe ! Ce qui compte à présent c'est que nous sachions où rejoindre Julie.

— Je dois avouer que j'ai eu très peur Professeur. Avec cette coupure de courant, de surcroît.

— Tu sais, je n'en menais pas large non plus... Allez, je vais te préparer quelques quartz et tu pourras retrouver ta cousine et la tirer de ce mauvais pas.

— Je vais avoir besoin d'aide Professeur. Seul, je ne sais pas si...

— Que veux-tu dire ?

— Les Chevaliers de la Vezouze pourraient m'être d'un grand secours. Ils ne se feront sans doute pas prier pour venir en aide à Julie. Ils l'avaient prise sous leur protection, souvenez-vous.

— Très bien, je peux faire ça. Ainsi tu auras tout loisir de choisir tes compagnons.

Le Professeur consulta sa montre.

— Dans quatre heures, ça te va ? Le temps que je prépare. Je préfère ne pas bâcler le travail. Une erreur d'un millième dans la fréquence et ce sont des années d'écart...

9

Garou avait installé Julie sur son propre cheval. La chevauchée dura un bon moment, le groupe des ravisseurs traversant successivement bois de hêtres et de chênes aux feuillages vert tendre, prés humides bordés de haies en fleurs, sentiers de sable rouge, ruisseaux vifs et argentés, ou encore gravissant des collines et se laissant aller le long de pentes herbues. Après un parcours qui parut très labyrinthique – mais Garou devait sans doute prendre de multiples précautions – les cavaliers débouchèrent sur une esplanade de graviers que rien n'aurait laissé deviner. En son centre, se dressait une demeure, de bel aspect, plus proche du manoir que du castel, encadrée par deux magnifiques tourelles d'angles en pierres de taille de la plus belle facture.

N'eût été le dramatique de cette situation, Julie aurait admiré la magnifique bâtisse, mais les circonstances, il est vrai, ne s'y prêtaient guère.

Les hommes mirent pied à terre et Julie fut soulevée par des bras vigoureux puis posée sur le sol.

— Mes amis, je vous présente Hortense de Beaudemont, notre sauf-conduit vers Paris ! dit Garou, se tournant vers ses compagnons et bombant fièrement le torse.

Julie était en proie à un terrible dilemme. Dire la vérité avec les risques que cela pouvait comporter ou jouer le jeu et se taire, du moins temporairement. Elle opta pour la seconde solution, se disant qu'il serait toujours temps d'aviser par la suite, en fonction de l'évolution de la situation.

— Garou, pour te servir, dit encore l'homme en s'inclinant devant Julie avec cérémonie, son chapeau tricorne à la main.

— Qu'allez-vous faire de moi ? demanda-t-elle d'une voix inquiète.

Garou répondit d'une voix posée dans laquelle ne transpirait aucune menace.

— Ne t'inquiète pas ma jolie. Nous ne te ferons pas de mal. Nous ne sommes pas des brigands, tu sais. Nous allons seulement demander à ton cher papa de bien vouloir retirer ses hommes et de nous laisser le passage vers la capitale. De grands événements se préparent, le peuple va avoir besoin de nous très bientôt. Les discussions aux États Généraux n'avancent pas, nous a-t-on dit. Le Roi n'a toujours pas tranché la question du vote. Eh bien nous allons lui montrer que nous sommes présents et prêts à agir s'il le faut. Bien entendu, ce cher Comte devra aussi nous verser une coquette somme pour que nous puissions nous équiper correctement et rallier de nouveaux amis à notre cause.

— Et si mon père refuse ?

— Il ne refusera pas. Il tient autant à toi qu'à la prunelle de ses yeux. Je n'ai donc pas d'inquiétude à ce sujet.

Julie se dit que son ravisseur n'avait pas l'air d'un si mauvais bougre et que sa cause était défendable, même si les moyens employés n'étaient pas à son goût. C'est pourquoi elle tenta de mettre le rebelle sur cette piste.

— Je comprends bien les soucis du peuple, croyez-moi, mais tout de même, enlever une jeune fille, est-ce là un acte que celui-ci approuverait ? Voulez-vous lutter contre un système qui vous déplaît en utilisant les mêmes méthodes répréhensibles ? N'allez-vous pas ainsi vous placer dans la catégorie des malfaiteurs et non des défenseurs d'une noble cause ?

Garou resta interloqué. Cette demoiselle avait du répondant et de l'esprit. Elle paraissait fort cultivée et sa réflexion n'était pas dénuée de bon sens. Il se sentit un peu gêné et répondit par une tirade qu'il ne souhaitait pas vraiment.

— Tu me sembles bien jeune pour discourir ainsi sur des sujets qui ne te regardent pas. Dois-je te rappeler ta naissance et ton rang ? Nous ne sommes pas dans le même camp, à ce que je sache. Désormais, évite de me répondre ainsi ou je pourrais perdre mon calme.

Puis, se tournant à nouveau vers ses compagnons :

— Emmenez-la !

Julie était satisfaite. Visiblement, elle avait marqué un point, elle avait montré à son ravisseur qu'elle comprenait sa cause mais qu'il n'en sortirait certainement pas grandi en utilisant l'enlèvement, d'enfant de surcroît.

Deux hommes de Garou, de véritables montagnes de muscles aux faciès peu engageants, lui firent signe de les suivre. Ils pénétrèrent dans le manoir dont le splendide vestibule de pierres blanches veinées de gris anthracite sentait une douce moisissure aux relents d'automne. Une odeur qui rappela à Julie les sous-bois de sa chère forêt lorsque les champignons, mêlés aux feuilles mortes, exhalent ce délicieux parfum. Elle serra les poings, incapable pour le moment de contrôler cette situation totalement incroyable. Dans un premier temps elle devait tenter d'amadouer ce Garou et de le ramener à des souhaits plus civilisés. Mais la cause qu'il avait embrassée l'obligeait sûrement à cette extrémité. Qu'importe, elle se savait rusée et persuasive.

Julie suivit un dédale de couloirs où de nombreuses portes donnaient sur des salons et des bureaux. La demeure était vaste, beaucoup plus que ne le laissait supposer son aspect extérieur. Enfin, les deux hommes s'écartèrent pour la laisser passer, lui désignant une porte que l'un d'entre eux poussa du pied.

— Voici ton logis. Pour une période courte, je l'espère. Tu y trouveras l'essentiel. Allez, entre.

Julie avança, peu désireuse de goûter, une nouvelle fois, aux joies de l'enfermement. Mais avait-elle le choix ? Elle se résigna et pénétra dans la pièce que ses deux geôliers lui avaient désignée.

Un lit haut sur pieds occupait l'un des angles. Il était recouvert d'un énorme plumon qui le faisait ressembler au dos d'une baleine. Au centre de la pièce, une rustique table de bois très foncé accompagnée d'un unique siège à trois pattes. Une cruche était posée sur un petit guéridon, à côté d'un gobelet et d'un miroir ovale au pourtour argenté. Une grande fenêtre à deux battants, à demi-masquée par de fins voilages beige donnait sur un pré situé à l'arrière du manoir. Les murs étaient simplement recouverts de chaux mais une belle tapisserie, malheureusement un peu poussiéreuse faisait face au lit. Elle représentait une scène de chasse où palefreniers, veneurs et chiens poursuivaient dans un sous-bois ombragé un magnifique cerf dix cors.

Tandis qu'elle observait ainsi les lieux, l'un des gardes, avant de refermer la porte, lui lança :

— Et n'essaie pas de fuir. C'est impossible et... dangereux.

La porte de referma et elle entendit le claquement caractéristique d'une serrure que l'on tourne.

Intriguée par les propos du geôlier, elle gagna la fenêtre et souleva l'un des pans de tulle. Dans le pré qui jouxtait cette partie du bâtiment, quatre énormes chiens brun noir montaient la garde. Leurs gueules carrées étaient effrayantes et ils semblaient posséder des mâchoires puissantes auxquelles rien ne devait résister. Ils déambulaient de droite et de gauche, faisant jouer la musculature de leur dos et de leur pattes. Ils étaient très grands et Julie comprit très vite que nul espoir de fuite n'était possible de ce côté. Ces molosses devaient être dressés pour tuer.

Alors, fatiguée, désespérée, à bout de nerfs, elle s'allongea sur l'épais plumon et se mit à verser toutes les larmes de son corps.

10

Le Comte tournait et retournait le billet qui venait de lui être remis par un coursier inconnu. Le matin même, un cavalier tout de noir vêtu avait franchi le portail de sa demeure sans tambours ni trompettes et avait lancé une pierre sur laquelle était fixé, à l'aide d'un cordon de tissu, le message qu'il relisait pour la dixième fois peut-être, le sourire aux lèvres.

— Eh bien, capitaine Ronsaud, que pensez-vous de ceci ? N'est-il pas plaisant de voir ce Garou le Rouge donner tête baissée dans ce piège qui va le conduire à sa perte ?

— Je vous l'accorde, Monsieur le Comte. Cet échange avec votre fille Hortense était un coup de maître. Cet Alfan est un véritable génie. D'ailleurs, avez-vous de ses nouvelles ?

— Pas pour l'heure. Mais cela ne devrait tarder. Laissons lui le temps de gagner le pays nantais et de nous transmettre une missive.

— Très bien. Poursuivons-nous alors comme prévu ?

— Bien entendu, Capitaine. J'ai d'ailleurs déjà préparé la somme réclamée par cet imposteur de Garou. Nous en restons donc au plan initial. Je fais remettre la rançon, puisque ce cavalier noir doit revenir demain avant midi et nous laissons croire à Garou qu'il peut emprunter la route vers Paris sans danger. Ah ! Ah !

— Il en sera pour ses frais. Nous pourrons ainsi nous saisir de lui et vous récupérerez votre argent. Voilà une perspective qui me sied.

— Alors ne perdons pas de temps, Capitaine. Faites démonter le camp de soldats et repliez-vous comme convenu. Nul doute que Garou enverra quelques éclaireurs pour vérifier que la route est libre.

— Il sera fait selon vos désirs, Monsieur le Comte.

Le Capitaine Ronsaud claqua des talons et gagna le perron. Son aide de camp, Bréand l'attendait au dehors auprès des deux montures qui remmèneraient les soldats vers leur campement.

Le Comte était ravi. Sa fille Hortense était à

l'abri, les rebelles avaient gobé toute l'affaire et d'ici peu, ils seraient sous les verrous avant d'être exécutés. Il récupérerait son argent. Il ne s'inquiétait aucunement du sort de la jeune fille qu'Alfan avait mis en lieu et place de sa fille. Elle n'avait aucune espèce d'importance. Qu'elle soit libérée ou qu'elle périsse, victime de la colère de Garou ou de ses acolytes, cela lui importait peu.

D'autre part, le Comte espérait une récompense de la part du Roi pour ses bons et loyaux services ainsi que pour l'arrestation – très prochaine – des rebelles des Charentes. La situation à Paris était déjà assez explosive et le Roi voyait d'un très mauvais œil l'agitation gagner les Provinces. Si le Comte parvenait à éteindre l'un des foyers de rébellion, le monarque lui en serait très certainement reconnaissant. En plus d'une coquette somme d'argent, il verrait d'un bon œil l'acquisition de nouvelles terres.

Ce qu'ignorait le Comte, c'est qu'Alfonso, son homme à tout faire, préparait en sous-main une manœuvre qui allait fortement lui déplaire. La petite voiture découverte dirigée par l'homme de main et qui avait quitté le château de Beaudemont l'avant-veille n'avait pas pris la route du pays nantais. Au sortir du château par le grand portail et après avoir traversé le bois jouxtant le domaine, Alfonso avait bifurqué vers le nord-est, prenant résolument la direction de Poitiers. Par le Berry et l'Orléanais, il gagnerait l'Ile de France en trois à quatre jours. Sa première étape était une auberge isolée proche de Châtellerault où Jehan et Bertrand, ses deux hommes de main l'attendaient. Il changerait la voiture découverte contre une berline beaucoup plus discrète. Jehan ferait office de cocher tandis que Bertrand, installé à l'arrière, jouerait le rôle de garde.

Hortense, qui n'avait pas souvent voyagé, ne put remarquer qu'Alfan avait emprunté une route différente de celle initialement prévue. Elle se posait bien mille questions à propos de cet échange, mais elle connaissait assez peu Alfan et à dire vrai, elle en avait peur. Elle était encore très surprise de l'existence d'une jeune fille qui lui ressemblait autant et même si elle ne l'avait entrevue que quelques instants, un sentiment très fort était né. Cette jeune fille, qui paraissait si douce et si gentille, aurait pu devenir son amie. Elle avait l'impression que quelque chose de commun, mis à part la ressemblance physique, les unissait et elle aurait bien aimé lui parler, l'écouter aussi, s'en faire une confidente. Peut-être la reverrait-elle sous peu ?

Ce n'est que lorsque la voiture s'arrêta à l'auberge des deux Croix qu'elle se décida à questionner son gardien.

— Arrivons-nous bientôt ?

— Il y a un petit changement de programme, Mademoiselle Hortense. Nous allons à Paris.

— À Paris ? fit la jeune fille, plutôt heureuse de cette nouvelle. Nous n'allons plus chez ma tante Eléonore près de Nantes ?

— Il n'en a jamais été question. Cette information, délivrée par votre père à qui voulait l'entendre, était destinée à brouiller les pistes et tromper d'éventuels espions. Vous serez en plus grande sûreté dans une grande ville. D'ailleurs votre père, que le Roi félicitera sans doute très bientôt pour ses bons et loyaux services vous y rejoindra bientôt.

— Mais je n'ai pas de famille à Paris ? Où irai-je donc ?

— Je m'occupe de cela Mademoiselle. Je possède de nombreux amis en qui vous pouvez avoir toute confiance.

Hortense était rassurée. Son père avait

pensé à tout. Il faisait tout pour qu'elle soit en sécurité et cet Alfan, même s'il semblait un peu hostile de prime abord était sûrement quelqu'un sur qui l'on pouvait compter.

La voiture s'arrêta devant la porte de l'auberge.

— Venez Mademoiselle Hortense, venez donc vous restaurer. Nous reprendrons la route ensuite dans une voiture plus confortable.

11

Julie n'avait pas à se plaindre de ses conditions de détention. Elle pouvait, quatre fois par jour, aller se dégourdir les jambes sur l'esplanade, l'arrière de la bâtisse étant évidemment un secteur interdit. Sous la surveillance de deux gardes, pas toujours les mêmes, elle pouvait se promener à loisir dans les jardins qui occupaient le devant de la demeure. De petites allées cheminaient entre des massifs de fleurs multicolores et des bancs, ici ou là, permettant de se reposer et de goûter le calme de l'endroit. Bien entendu cela ne résolvait en rien la situation inquiétante dans laquelle elle se trouvait. Coincée ici en plein XVIIIe siècle, otage d'un groupe de contestataires au régime et à coup sûr dans l'impossibilité totale de rejoindre son époque, son moral ne pouvait pas être bon. Il fallait un coup de chance ou un véritable miracle pour la sortir de là. Seule, sans aide, sans gélatine violette, elle était perdue. Pourtant, assise sur l'un des bancs du jardin, observée par les deux hommes qui se tenaient en retrait, perdue dans la contemplation d'une grenouille qui, posée sur un nénuphar, la fixait de ses yeux globuleux, une petite lueur restait allumée dans son esprit. Toujours ce côté optimiste qui était le fond de son caractère et qui lui avait permis, très souvent de garder la tête hors de l'eau. Quelque chose allait forcément se passer, on viendrait la délivrer, comment pouvait-il en être autrement ?

L'arrivée d'un cavalier la fit émerger de sa rêverie. Les deux gardes se tournèrent vers l'esplanade et firent signe à Julie que la promenade était terminée. Peut-être aurait-elle le droit de se rendre dans la petite bibliothèque et de lire un ouvrage à sa convenance. Elle allait poser la question à Garou.

— Allez, il faut rentrer, intima l'un des surveillants.

Julie ne se fit pas prier. Jusqu'à présent, les hommes de Garou s'étaient bien comportés et elle ne voulait pas s'en faire des ennemis. Ils étaient corrects, ne levant jamais le ton et ne manifestant aucun geste brusque ou violent. En traversant l'esplanade, elle aperçut Garou qui discutait vivement avec le cavalier qui avait mis pied à terre. L'homme, tout de noir vêtu, se tenait debout devant son chef qui parcourait le texte d'une missive. Garou leva la tête, l'air satisfait.

— Mes amis, approchez ! cria-t-il alentour. Bonne nouvelle ! Le Comte accepte nos conditions. Comment aurait-il pu en être autrement. Il tient bien trop à sa fille, n'est-ce pas Hortense ?

Les gardes s'approchèrent tandis que quatre autres hommes étaient apparus, en provenance des écuries.

— Écoutez ceci, mes amis.

Et chacun de faire silence et de tendre l'oreille.

« Moi, Comte Charles Henri Pierre de Beaudemont, vingtième du titre, pair de France, gouverneur et chef des armées de Charentes et de Poitou, par la présente, confirme que les vœux émis par le sieur Garou dit le Rouge seront respectés.

Une somme de dix mille livres d'or sera versée comme souhaité et la route de Paris sera libre de toute force militaire. Ma fille

Hortense me sera remise lorsque le sieur Garou et ses hommes auront atteint les limites de l'Orléanais, dans un lieu que celui-ci a dit préciser par retour de cette missive. C'est aussi le porteur de cette réponse qui recevra la somme d'argent prévue. Dès à présent, des ordres fermes et précis ont été donnés pour que les militaires que je commande se replient et laissent le passage. Je tiens à préciser que j'agis sous la contrainte et n'accepte pas cet état de fait mais y consens pour ma fille à laquelle je souhaite que rien de fâcheux n'arrive. Garou le Rouge puisse-t-il au moins savoir ce qu'est parole donnée. »

Les hommes qui entouraient Garou levèrent les bras en criant des « hourras ».

— Et pour la route, avez-vous vérifié ?

— Oui, Garou. Thomas et Antonin ont procédé, pas plus tard qu'hier au soir, à une petite vérification. Le principal campement militaire qui nous fermait le passage a été levé. Nous n'avons pas repéré d'hommes en armes dans le secteur.

— À la bonne heure ! Tout s'annonce donc pour le mieux.

— À votre place, Monseigneur Garou, je ne crierai pas trop tôt victoire.

Les visages se tournèrent vers Julie qui venait de lâcher ces propos inquiétants.

— Que t'ai-je donc déjà dit, Hortense ? fit Garou, d'une voix dans laquelle on sentait poindre un énervement certain.

— Monseigneur Garou, je n'ai nullement l'intention de vous offenser ou de vous faire perdre votre bel optimisme, mais cette missive est un piège.

— Un piège ? Mais qui es-tu donc pour affirmer cela ?

Toute la question était bien là et Julie se dit que cette fois, elle ne pouvait plus reculer.

— Comment je peux affirmer ceci ? C'est pourtant très simple Monseigneur. Je ne suis pas Hortense de Beaudemont.

Un silence pesant tomba parmi le groupe. Puis, Garou se reprit.

— Ah ! Ah ! Qu'est-ce que c'est que cette histoire ? Chercherais-tu à nous embrouiller l'esprit?

— Non, Monseigneur, nullement. Mais je ne suis pas Hortense de Beaudemont. Je me nomme Julie. Je ressemble grandement à cette Hortense, il est vrai, au point que l'on pourrait s'y méprendre.

Les hommes l'observaient. Son discours

avait l'air de porter.

— J'ai été enlevée, par un certain Alfan, peut-être cela vous dit-il quelque chose ?

Les hommes se dévisagèrent, s'interrogeant du regard.

— Ce nom ne nous dit rien.

— C'est un homme de taille moyenne, la quarantaine, le visage assez maigre, avec des cheveux noirs et de petits yeux malicieux très sombres, reprit Julie, espérant que cette description évoquerait enfin quelque chose parmi les hommes de Garou.

Devant le mutisme des gardes, elle reprit:

— Il a quelques acolytes dont l'un a une vilaine cicatrice rouge sur le côté gauche du visage. Il se nomme Bertrand, je crois.

— J'y suis, cria soudainement Thomas, qui se tourna vers son plus proche voisin. Te souviens-tu ? L'auberge de Ferrière, cet homme curieux qui nous a accostés et nous a offert plusieurs gobelets de ce vin délicieux. Il avait effectivement une cicatrice semblable. Mais il ne nous a pas donné son nom.

Julie souffla. Voilà un indice qui allait dans le bon sens. Garou, qui avait lancé un regard noir vers ses deux acolytes, s'approcha de Julie et lui dit, soudainement très intrigué :

— Continue, petite, continue.

— Cet Alfan donc, travaille pour le Comte de Beaudemont. C'est lui qui a imaginé cette affaire. Il m'enlève, me fait prendre la place de la véritable Hortense et vous laisse me capturer. Vous comprenez donc aisément maintenant que cette missive ne tient pas debout. Hortense est en sécurité ailleurs, bien loin d'ici, enfin je l'espère... Son père vous ment donc et donne l'impression d'accéder à votre demande pour mieux vous prendre dans ses filets.

Garou était vraiment stupéfait. Cette gamine l'impressionnait réellement. Quel esprit vif ! Quelle énergie et surtout quelle franchise. Il lui semblait bien que la jeune fille ne mentait pas.

— Très bien. Je te remercie pour ces informations de la plus haute importance. Désormais, ne te considère plus comme ma prisonnière, mais comme mon alliée.

Les hommes écarquillaient les yeux.

— Que fait-on maintenant Garou ?

— Nous poursuivons notre plan. Thomas porte la réponse et rapporte l'argent. Tu donnes le lieu de rendez-vous pour la remise d'Hortense. Maintenant, rassemblons les hommes. Nous partons dès demain...

— Mais les soldats ?

— Qu'à cela ne tienne, nous passerons ailleurs. Quant à toi, ma jolie, je t'emmène en promenade. À Paris ! Ça te dis ?

12

Garou, à l'aide de ses fidèles lieutenants, avait, en une nuit, réuni tous les hommes de la contrée qui adhéraient à sa cause. Défendre le peuple face au pouvoir en place, établir l'égalité pour tous face aux impôts et aux taxes, obtenir le vote par tête aux prochains États Généraux et non par ordre comme cela était encore le cas. D'autres groupes semblables au sien, venus de Picardie, de Normandie, de Brie et du Maine, se dirigeaient vers la capitale. Il n'était pour le moment pas question d'user de la force, mais simplement de montrer au Roi que le peuple était inquiet et souhaitait de rapides réponses à ses inquiétudes.

C'est ainsi qu'une longue colonne de plus de deux cents hommes avait quitté le manoir tôt le matin, à peine le soleil levé.

Julie avait une place de choix. En tête de cette troupe, juste en arrière de Garou dont l'épaisse chevelure flamboyante flottait dans le vent léger, elle montait un magnifique destrier noir au poil luisant. Si seulement ses amis de la Vigne* avaient pu la voir en cet instant ! Ils n'en auraient certainement pas cru leurs yeux. Mais Julie chassa cette image. Elle devait éviter de penser à son village, à sa famille, à ses amis. La situation avait déjà évolué, plutôt positivement, et elle préférait, pour le moment du moins, rester sur cette note d'optimisme. Garou l'avait questionnée à plusieurs reprises, cherchant à savoir dans quelles conditions Alfan l'avait enlevée et si elle souhaitait retrouver ses parents. Julie s'en était tirée par une pirouette, expliquant qu'elle n'avait plus de parents, qu'elle avait été recueillie toute petite par un oncle fort brutal et désagréable et qu'en fait elle ne souhaitait pas le revoir. Garou semblait s'être accommodé de ces explications mais avait ajouté qu'il faudrait tout de même trouver une solution et qu'il allait y réfléchir.

Thomas, la veille au soir, avait porté la ré-

**Centre équestre situé près de Val et Châtillon*

ponse convenue au Comte de Beaudemont et était revenu souriant, un sac de pièces d'or ficelé au pommeau de la selle de son cheval. Il avait aussi communiqué le nom du lieu où Hortense serait libérée. Le Comte, en comédien parfait, avait feint la tristesse puis la joie, donnant à l'envoyé de Garou l'image d'un père inquiet mais aussi délivré d'un terrible poids.

— Redites bien à votre maître que le Comte de Beaudemont n'a qu'une parole. Le passage sera entièrement libre, il n'a rien à craindre.

— Je le lui dirai, Monsieur le Comte, je le lui dirai.

Bien entendu, le démontage du camp militaire était un leurre et les soldats, au lieu de se replier, s'étaient positionnés autour du point de passage convenu, à savoir Vineuil, juste avant la traversée du Cher. Le Comte de Beaudemont avait même fait venir des renforts et ce ne fut pas moins de deux mille hommes qui mirent en place une sorte d'étau qui se refermerait sur les rebelles dès leur arrivée. Il avait été convenu, qu'en cas de trop forte opposition, il ne serait fait aucun prisonnier.

Garou et ses hommes avaient bien ri lors du retour de Thomas. Le Comte en serait pour ses frais. En concentrant ses forces ainsi sur un endroit où il s'attendait absolument à voir surgir les opposants, il avait du même coup totalement dégarni d'autres points de passage. Garou avait longuement étudié la carte. Ses hommes passeraient le fleuve beaucoup plus à l'est, du côté de Saint Loup. On rallongeait le trajet d'une vingtaine de lieues, mais le jeu en valait vraiment la chandelle. Garou ne serait pas inquiété et lorsque le Comte s'apercevrait de la manœuvre, il serait trop tard pour se lancer à sa poursuite. Garou pourrait gagner Paris rapidement par la Brie où il pouvait compter sur d'autres amis pour le soutenir.

Le troisième jour, ils contournèrent Orléans. Le Roi y avait aussi d'importantes garnisons. Ils évitèrent encore Montargis, ville militaire par excellence et atteignirent finalement Melun le surlendemain. Le voyage touchait presque à sa fin lorsque Garou décida d'une pause d'une journée à l'est de la ville. Ici, les soldats étaient beaucoup moins présents, les rebelles des Charentes n'y étaient pas connus et, circulant par petits groupes, ils auraient très aisément pu passer pour des marchands en déplacement. Les bois étant assez denses dans cette région, il fut facile à la troupe de se mettre à l'abri et de se cacher. Les hommes se dispersèrent dans la forêt, allumèrent des feux avec du bois très sec qui ne générait pas trop de fumée. L'endroit regorgeait de cerfs, de chevreuils et de sangliers. Pour ces hommes aguerris, ce fut un jeu d'enfant de chasser quelques-uns de ces animaux pour préparer un succulent repas. Julie était un peu fourbue, elle devait bien l'avouer. Cinq jours de chevauchée lui avaient endolori le dos. Mais elle n'était pas mécontente de ce voyage. Bien que la colonne eût évité les villes et les villages, elle avait aperçu, à maintes reprises, des fermes auprès desquelles les paysans travaillaient la terre. En voyant les bœufs, parfois les hommes, tirer les lourdes charrues, les femmes et les enfants, courbés vers le sol pour désherber, sarcler ou semer, elle n'avait pu s'empêcher de songer à toutes ces machines qui peuplent le quotidien de l'agriculteur du XXIe siècle. À la ferme de François, par exemple, un seul homme pouvait effectuer, en une heure, le même travail que cinquante paysans ici-même, en une demi-journée. Et cela avec beaucoup moins d'efforts, puisque c'est la machine, grâce à sa puissance, qui effectuait le travail.

Le lendemain, les hommes, plus dispos, se remirent en selle. La capitale n'était plus très loin. On y accéderait par Chelles, village peu éloigné des portes de Paris et secteur où la colère étant assez vive, Garou et ses hommes seraient assurés de trouver des appuis. La maréchaussée y serait sans doute moins présente.

C'est ainsi que les Charentais s'installèrent dans le village. Les habitants les accueillirent avec cordialité lorsque le géant roux leur eut expliqué la raison de leur présence. Dans cette région autrefois prospère, la misère était grande et la popularité du Roi en baisse. Les villageois acceptèrent donc de loger ces hommes venus de si loin pour défendre la cause des opprimés.

— D'autres viendront encore, leur dit Garou. Des milliers sans doute. Il faut faire comprendre au Roi que le peuple ne supporte plus les conditions actuelles. Nous ferons pression, ne serait-ce que par notre nombre et notre présence. La tenue des États Généraux est l'occasion rêvée.

— Ne savez-vous pas que le Roi a fait masser des troupes près de Versailles et de Fontainebleau ? Leur demanda un habitant.

— Bien sûr. C'est pour cela que nous sommes prêts à toute éventualité, leur répondit le chef des rebelles. Nous saurons nous défendre.

Les habitants, néanmoins, restaient dubitatifs. Les soldats avaient des canons, étaient mieux armés et mieux équipés. Que pouvait donc cette troupe de paysans en armes contre des soldats entraînés ? Mais le bel optimisme de Garou ainsi que ses fortes convictions avaient rallumé une lueur d'espoir depuis si longtemps éteinte.

Garou donna quelques ordres. Tant que les États Généraux ne seraient pas clos, ils ne bougeraient pas d'ici. Seuls, quelques hommes se rendraient dans la capitale pour aller aux nouvelles. Garou devait aussi rencontrer quelques personnages importants qui disait-on, préparaient un programme d'actions à mettre en place pour obliger le Roi à céder du terrain. Quelques noms circulaient comme Mirabeau, Bailly, Sieyès, et Garou souhaitait rencontrer ces orateurs qui subjuguaient les foules. Julie aussi ! Quel événement ! Rencontrer les acteurs de la Révolution française qu'elle ne connaissait que par les livres d'Histoire. Elle fut comblée lorsque le chef des partisans lui annonça qu'elle ferait partie du groupe se rendant à Paris dès le lendemain matin. Elle ne put s'empêcher de sauter au cou du géant et de l'embrasser sur la joue. Ce qui laissa l'homme pantois et déclencha l'hilarité de ses compagnons.

13

Alfonso avait trouvé un logement à deux pas du Faubourg Saint-Antoine. Ce quartier, assez populeux, lui permettait de se fondre dans le décor et de passer inaperçu. Au cours de ses divers déplacements, il avait pu se procurer – de façon peu honnête - il va sans dire – l'argent nécessaire pour ne pas être dans le besoin. Il avait donc pu louer un logis confortable, salubre, dans une venelle commerçante et animée. Situé au premier étage d'un immeuble qui en comptait deux, le logement était assez spacieux, comportait une pièce commune pour se restaurer et vaquer à diverses occupations, deux chambres et une cuisine avec un bac à eau en grès. Un étroit couloir permettait d'accéder à une dernière pièce qui, assez vaste, pouvait servir d'atelier ou de chambre supplémentaire. Il installa Hortense dans l'une des chambres. La jeune fille, ravie de se trouver en plein cœur de Paris en avait oublié sa campagne et ne songeait plus à son père le Comte de Beaudemont. Elle se réjouissait par avance de pouvoir visiter cette ville qu'elle avait toujours rêvé de découvrir. La seule ombre au tableau restait la jeune Julie qui avait pris sa place afin de la préserver elle et qui peut-être était en danger ou dans une situation très désagréable.

Jehan était resté avec son maître tandis que Bertrand était reparti pour les Charentes porteur d'un message pour le Comte. Et c'est par hasard qu'Hortense, que les deux hommes croyaient endormie dans sa petite chambre, surprit, un soir, cette conversation:

— Vous pensez que le Comte va accepter sans rechigner ?

— Certainement Jehan. D'ailleurs a-t-il le choix ? Il sait très bien que s'il refuse, je lui renverrai sa fille en morceaux... Ah ! Ah !

— En tout cas, cette manœuvre était un véritable coup de génie. Il s'est laissé berner comme un enfant. Il croyait mettre sa fille à l'abri, en fait, il l'envoyait au devant du danger.

Maître Alfan, vous êtes remarquable. Avec cet argent nous serons riches.

— Bertrand sera sur place d'ici deux jours. Le temps qu'il fasse le chemin en sens inverse, en ne ménageant pas trop sa monture, il sera là avant la fin de semaine. C'est parfait. Je n'ai pas l'intention de moisir ici, le climat devient malsain à Paris, avec tous ces paysans, ces ouvriers et ces jeunes bourgeois érudits qui veulent refaire le monde.

— Bah ! Le Roi aura tôt fait de rétablir l'ordre. Il n'est pas encore venu le temps où les rois céderont la place.

Alfonso eut un petit sourire en coin. Mais évidemment, Jehan ne pouvait être au courant des prochains événements. Cela n'avait pas d'importance. Une fois que cette affaire serait réglée, il se débarrasserait de la fille et de ses deux acolytes. Sa règle était très claire : ne jamais laisser de témoins derrière soi. C'était un gage de tranquillité.

— Lorsque Bertrand sera de retour avec la rançon, il faudra procéder comme prévu.

— Oui ...?

— Se débarrasser de la fille. Tu t'en occuperas. Tu l'assommes, tu fais comme bon te semble et tu la places dans l'un de ces grands sacs de toile que nous avons vus dans le grenier. Tu n'auras plus ensuite qu'à la jeter dans la Seine.

— Très bien, Maître Alfan, ce sera fait.

Hortense était horrifiée. Ainsi, cet Alfan n'était qu'un imposteur et lui mentait depuis le début. En fait, elle était retenue en otage et son père allait devoir verser une rançon. Ce qu'il ferait sans doute, là-dessus elle n'avait aucune inquiétude. Mais elle avait compris que le versement de l'argent ne la mettait pas à l'abri pour autant, puisque le malfaiteur avait décidé de la tuer. Elle se recroquevilla dans son lit, tremblante et absolument désespérée. Elle devait rapidement trouver une solution pour s'échapper. Elle allait y réfléchir cette nuit et demain elle s'arrangerait pour disparaître et fuir le plus loin possible.

La rue s'anima de bon matin. Les commerçants déballaient leurs marchandises et chacun y allait de sa voix pour vanter ses légumes, ses tissus, ses couteaux et ustensiles de cuisine, ses remèdes contre la toux. Malgré les difficultés économiques, les clients ne semblaient pas manquer car la rue ne désemplissait pas de badauds à la recherche de l'objet insolite et de ménagères qui venaient s'approvisionner. Les discussions allaient bon train et portaient évidemment sur la situation inquiétante.

— Vous rendez vous compte ? Il paraît qu'ils ont tiré !

— Trois cents morts ! Et des blessés en pagaille !

— Z'avaient qu'à rester tranquilles. Voilà ce qui arrive quand on brave la loi.

— La loi ! Quelle loi ? C'est le patron de la manufacture qui voulait taxer la paie des ouvriers. Vous ne savez pas de quoi vous parlez.

— Il a raison. Allez plutôt Faubourg Saint Antoine ce soir. Les jeunes orateurs vont en parler.

Alors que la rue s'animait et que chacun y allait de son commentaire, Hortense s'éveilla. Elle n'avait pas pu résister à l'emprise de la fatigue et elle avait fini par s'endormir, non sans avoir concocté un plan pour échapper aux griffes de son ravisseur. Elle quitta sa chambre et gagna la pièce principale. Alfan était installé à la table et dégustait à belles dents une épaisse tranche de pain.

— Ah, te voilà Hortense, fit-il, se tournant

vers elle en affichant un large sourire.

Hortense ne laissa rien paraître de son trouble. Comment pouvait-on être aussi hypocrite. Cet homme lui adressait un grand sourire alors qu'il avait projeté de la tuer. Cela la dépassait totalement.

— Viens donc goûter un peu de pain frais. Ce n'est pas facile d'en trouver en ce moment mais j'ai promis à ton père que tu serais bien nourrie.

— Bien sûr Monsieur Alfan. J'ai une faim de loup ce matin. Et puis si je veux sortir un peu en ville il va me falloir prendre des forces.

— En ville ? Tu comptes sortir ?

Le visage d'Alfan reflétait soudain une intense inquiétude.

— N'est-ce pas ce que vous m'aviez dit ? Je pourrais visiter Paris.

— Bien entendu, bien entendu. Mais avec toute cette agitation en ce moment...

— Vous m'aviez promis, Monsieur Alfan...

L'homme sembla réfléchir.

— Très bien. Tu iras avec Jehan. Avec lui, tu seras en sécurité. Je ne voudrais pas qu'il t'arrive quelque chose de fâcheux.

Hortense entrevoyait là un moyen de mettre son plan à exécution.

— Merci Monsieur Alfan. Vous êtes si gentil avec moi. Croyez-vous que Jehan pourra m'emmener du côté du Palais Royal ? On dit l'endroit magnifique.

— Je ne sais pas, je ne sais pas. Peut-être bien. Attendons qu'il revienne, je l'ai envoyé chercher quelques victuailles, il ne saurait tarder.

Hortense, après avoir englouti deux tranches de pain, se rendit dans sa chambre. Elle ne pouvait malheureusement pas rassembler ses affaires pour les emporter avec elle, cela aurait certainement éveillé les soupçons de son gardien. Elle dut se résoudre à abandonner la malle qui contenait ses effets, mais sa liberté n'avait pas de prix comparée à quelques robes que son père pourrait lui racheter dès qu'elle serait libre et qu'elle l'aurait rejoint.

Jehan ne tarda pas en effet. Il revint les bras chargés de jambon et de bouteilles de vin qui s'entrechoquaient dans un panier d'osier. Il avait l'air satisfait de ses achats car il avait devant lui de quoi satisfaire son besoin de boisson pour un bon moment.

Alfan lui exposa le projet d'Hortense.

— La petite souhaiterait se dégourdir les

jambes. Je propose que tu l'emmènes faire un tour.

— Mais, je...

— Ne t'inquiète pas Jehan, tu pourras tout de même faire ce qui était prévu, un peu plus tard...

Hortense saisit l'allusion à son élimination programmée et malgré la peur qu'elle en éprouvait, elle n'en laissa rien paraître.

— Allez, Hortense, prépare-toi, Maître Alfan m'a demandé de t'emmener visiter la ville.

— Je viens Jehan, je viens. Mon père m'a laissé quelque argent, j'aimerais bien lui rapporter de beaux mouchoirs de lin. Cela lui fera plaisir, j'en suis certaine.

Jehan acquiesça d'un mouvement du menton et sortit de la pièce, dévalant l'escalier, Hortense à sa suite.

Dans la rue, l'effervescence du début de la matinée n'avait pas faibli. Les discussions allaient toujours aussi bon train à propos des derniers événements et c'est ainsi que Jehan apprit que les secteurs de l'Arsenal, du Louvre et du Palais Royal étaient bouclés par les gardes du Roi. Nul ne pouvait s'en approcher sauf autorisation expresse signée du Commandant des forces de police.

— Voilà bien notre chance, déclara Hortense, déçue. Comment allons nous faire ?

— Nous pouvons gagner le bord de Seine. Les marchands y dressent très souvent leurs étalages et tu trouveras probablement ce que tu recherches.

Et ils gagnèrent la porte Saint Antoine, la Bastille puis les bords de Seine. Hortense ouvrait tout grand les yeux. Elle découvrait Paris et était très étonnée par l'animation qui régnait dans chaque rue, sur chacune des places, dans les jardins fleuris qu'elle apercevait ici et là. Des carrosses passaient, nombreux, à un point tel que parfois, la circulation devenait très difficile et les cochers en venaient à s'invectiver mutuellement quand ils ne se menaçaient pas du poing. Par les fenêtres ouvertes des voitures, elle distingua de jeunes dames vêtues de belles robes et coiffées avec soin.

La prison de la Bastille l'impressionna tout particulièrement. La forteresse, imposante, dressait ses tours et ses murailles imprenables. Elle avait déjà entendu tant de rumeurs à propos de l'édifice ! On disait que la plupart des prisonniers n'en ressortaient que les pieds devant, usés par les tortures, la malnutrition, les conditions d'hygiène. On disait aussi que nul n'était à l'abri de s'y voir conduit sous bonne escorte. Une simple lettre de cachet du roi ou du commandant de la police suffisait pour s'y trouver enfermé. Ces pensées lui donnèrent des frissons.

Sur les bords de Seine, la population était encore plus dense. Les commerçants étaient installés tout le long de l'eau et vantaient tous la qualité de leurs produits.

Hortense s'approcha d'un vieil homme qui vendait des tissus de belle facture, très colorés. Des nappes, des serviettes, des mouchoirs étaient étalés sur des tréteaux et on avait vraiment l'embarras du choix. Cet étalage attirait beaucoup de monde car selon les propos entendus ici et là, le vieil homme semblait jouir d'une bonne réputation et vendait des articles de qualité à des prix intéressants. Hortense se faufila parmi les badauds, jusqu'à atteindre l'étalage où les curieux, penchés, tâtaient les belles étoffes. Bien entendu, elle surveillait du coin de l'œil son gardien qui, trouvant le temps long, lorgnait avec envie un vendeur de vin d'Anjou qui circulait avec sa carriole parmi la foule.

— Vin d'Anjou ! Vin d'Anjou ! Frais et léger,

frais et ensoleillé ! Venez goûter ! Un sou le gobelet, seulement un sou ! Vin d'Anjou ! Vin d'Anjou ! Frais et doux !

Hortense se retournant, héla l'homme de main :

— Allez-y Jehan, ne vous inquiétez pas pour moi. Vous avez bien le temps de boire de ce vin, j'en ai pour un moment, ces étoffes sont toutes aussi belles les unes que les autres, et je ne sais laquelle choisir.

Jehan hésita, puis, guidé par le désir de goûter le nectar des bords de Loire, s'éloigna pour rejoindre le vendeur ambulant. Hortense s'était accroupie, et marchant en canard, avait contourné le groupe de badauds qui masquait l'étalage. Elle parcourut ainsi une bonne dizaine de mètres, puis s'étant assurée que Jehan ne se souciait pas d'elle à cet instant, se redressa et se mit à courir droit devant elle en riant aux éclats. Elle tourna à gauche dans la première ruelle qui se présenta, la parcourut en un temps record et vira encore sur la droite. Un jardin se présentait, elle se glissa entre les épais massifs de lauriers et s'assit, parfaitement dissimulée. Elle allait attendre que la nuit tombe et elle aviserait. Elle était, provisoirement, tirée des griffes d'Alfan.

14

Hortense attendit la nuit avant de quitter sa cachette. À aucun moment elle n'avait revu Jehan et elle espérait que ce dernier avait abandonné les recherches. Pourtant, elle le savait, Alfan n'était pas homme à se résigner aussi vite et à laisser, elle l'avait bien compris, des témoins gênants derrière lui. Les muscles ankylosés et la faim lui tenaillant l'estomac, elle quitta l'abri des arbustes et gagna la rue qui était maintenant beaucoup plus calme, presque déserte. Était-ce vraiment un endroit sûr ? Rien n'était moins certain. D'autres dangers pouvaient surgir et elle n'était tout de même pas trop rassurée.

Elle décida d'éviter le bord de l'eau où Jehan et Alfan pouvaient avoir décidé de mettre une surveillance en place. Elle savait le malfaiteur très habile pour trouver, moyennant quelques pièces ou quelques fausses promesses, l'aide du premier venu.

Elle emprunta plusieurs ruelles, malpropres et très nauséabondes. Le sol n'était que partiellement pavé et une sorte de ruisseau d'une eau noirâtre coulait en son centre. Les portes et les volets se fermaient, les dernières silhouettes disparaissaient sous les porches et derrière les portes des immeubles. Elle accéléra le pas, prenant résolument la direction opposée au logis du Faubourg Saint Antoine.

Elle eut l'idée de demander l'aide de la police. Encore eût-il fallu qu'elle sache où la trouver ? Dans l'hypothèse où elle pourrait raconter son histoire, la croirait-on ? Ne la prendrait-on pas pour une fillette en fugue, qui aurait délibérément quitté son foyer pour se lancer à l'aventure ? Elle hésita un instant, puis, tournant à l'angle d'une rue un peu plus large, avisa le clocher d'une église. Cette vision la rassura. Une église était un gage de sécurité, un lieu où on lui apporterait de l'aide et où on l'écouterait d'une oreille bienveillante. Elle se mit à courir pour atteindre la place où se dressait le magnifique édifice. Elle ne s'attarda pourtant pas à en examiner les détails. Il était urgent de se mettre à l'abri. La nuit était maintenant tombée et les rôdeurs de tous poils allaient occuper le pavé à la recherche de leurs victimes à détrousser ou à occire.

Le portail de l'église était solidement fermé. Rien à faire, elle eut beau manœuvrer plusieurs fois le pêne, le lourd battant refusa de s'ouvrir. Elle entreprit de contourner l'imposant monument. Si cette église était construite selon les mêmes règles que celle de Ferrière – la seule qu'elle connût – une entrée devait se trouver à l'arrière. Un accès vers le presbytère, logis du prêtre qui avait cette église en charge. En effet, c'est sans difficulté qu'elle trouva ce qu'elle souhaitait. Elle laissa retomber plusieurs fois le heurtoir, le bruit résonnant de façon assez sinistre sur la place totalement déserte. Une clenche cliqueta et le battant s'entrouvrit.

— Qui va là à cette heure du soir ? demanda une voix légèrement chevrotante.

— Une petite fille, une petite fille perdue. Ouvrez-moi s'il vous plaît.

Il y eut un instant d'hésitation pendant lequel Hortense crut que la porte allait se refermer. Mais les gonds grincèrent tandis qu'un visage rougeaud et rondouillard apparaissait, éclairé par un chandelier à trois branches. Le porteur de ces bougies tendit le bras pour éclairer la nouvelle venue. L'examen dut être satisfaisant car l'homme reprit :

— Entre ma petite, entre. Tu as frappé à la bonne porte.

Hortense ne se fit pas prier, gagna le couloir tandis que le prêtre refermait la porte.

— C'est tout droit. Avance, n'aie pas peur.

Hortense suivit les conseils. Elle déboucha dans une pièce de taille modeste, cependant accueillante et bien meublée. Une grande table de chêne occupait une bonne partie de l'espace. Sur un fourneau qui ronronnait un récipient métallique d'où s'échappait un agréable fumet de légumes et de viande.

— Assieds-toi petite. Tu as l'air fatiguée. Tu vas manger et te reposer un peu. Tu me raconteras ton histoire ensuite.

Hortense dévisagea le religieux. Il semblait assez âgé et marchait courbé sous le poids des ans. Il était plutôt de petite taille et son corps, tout comme son visage était de forme arrondie. Au moins une preuve qu'il ne manquait pas de nourriture. Ses petits yeux bruns pétillaient de malice. Il ne semblait pas chercher à en savoir plus pour le moment et se dirigea vers une étagère suspendue au mur de pierres jaunâtres. Il posa une seconde écuelle métallique en face de la sienne et s'en retourna chercher la marmite.

Hortense s'était littéralement jetée sur cette bonne soupe épaisse. Les fèves côtoyaient les morceaux de lard et d'épais morceaux de pain que le prêtre avait ajoutés dans le faitout juste avant de servir. Elle mangea en silence, rapidement, les yeux rivés sur son assiette.

— Tu avais donc si faim ? demanda enfin le curé, lorsqu'elle eut terminé.

— Je n'ai pas mangé depuis ce matin et la journée a été assez éprouvante.

— Tu n'es pas d'ici, est-ce que je me trompe ?

— C'est exact, je viens des Charentes. Mon père est le Comte de Beaudemont et nous habitons près du bourg de la Ferrière.

L'homme sembla réfléchir un instant mais à sa mine dubitative, Hortense conclut qu'il ne connaissait pas ce lieu.

— Je m'appelle Hortense, reprit-elle, Hortense de Beaudemont J'ai été enlevée par un sinistre malfaiteur nommé Alfan. Il a demandé une rançon à mon père mais a de toute façon décidé de me tuer. C'est pour cela que ce matin, j'ai fui.

L'homme semblait ne pas en croire ses oreilles.

— Tu es une petite fille courageuse. Si cet homme te voulait du mal, tu as effectivement bien fait de lui fausser compagnie. Mais il ne faudrait pas qu'il te retrouve, bien entendu. Ah, j'oubliais, je suis le père André. Je m'occupe de l'église Saint-Merri, comme tu dois t'en douter. Tu pourras rester ici le temps qu'il faut afin que les choses se calment et que tu puisses regagner ta terre natale en toute sécurité. Qu'en penses-tu ?

— Je pense que c'est une bonne idée. J'avais aussi l'intention de me rendre à la Police.

— La Police est fort occupée en ce moment. Les manifestations ouvrières se multiplient, les réunions aussi. Les gens d'armes et les soldats sont sur le qui-vive. Je ne sais pas s'ils écouteront ton histoire. Imagine aussi que cet Alfan dont tu m'as parlé t'ait signalée comme fugueuse ? Si tu te présentes à la Police, ils auront tôt fait de te reconduire chez lui. Ta parole contre la sienne...

Hortense avait pensé à cela. Se rendre à la Police n'était donc pas un bon plan.

— Que me suggérez-vous alors, Père André ?

— Je suggère que tu ailles dormir. Demain je prendrai contact avec quelques-uns de mes amis. Nous saurons bien trouver un moyen de te faire quitter la ville. D'ailleurs, bientôt, Paris ne sera plus sûr pour personne. J'ai l'impression que de graves événements se préparent. Je me demande même si cette église pourra encore me protéger...

Le vieil homme eut tout à coup l'air triste, comme soudainement écrasé par le poids de la fatalité. Il devait sans doute être au courant des derniers événements et l'avenir lui semblait probablement très sombre.

— Viens, je vais te montrer où dormir. Il y a à côté une chambre qui était jadis celle de ma bonne Josa. Une espagnole qui faisait tout à la perfection. Elle a été rappelée par Notre Seigneur il y a peu. Je n'ai pas eu le cœur de la remplacer. Viens.

En peu de temps, Hortense s'installa dans une douillette chambre agrémentée de jolis meubles qui sentaient bon la cire d'abeille. À demi-cachée sous un épais plumon, elle ne mit que quelques instants à s'endormir. Elle ferma les yeux, le sourire aux lèvres. La rencontre avec Père André était un véritable coup de chance. Elle reverrait bientôt son cher pays.

15

Les États Généraux piétinaient. À Versailles, dans la salle des Menus Plaisirs où ils siégeaient, les députés n'avaient pu se mettre d'accord, la Noblesse et le Clergé refusant toujours le vote par tête. De surcroît, le Roi n'avait pas tranché, se contentant de faire lire par son Ministre des Finances Necker un long rapport de trois heures sur la situation économique de la France. Les députés du Tiers État étaient fort en colère et souhaitaient que soit traitée rapidement la question des privilèges ainsi que celle du pouvoir législatif.

Par voie de conséquence, à Paris, l'agitation prenait de l'ampleur. Les manifestations se multipliaient et les discours, prononcés sur les places ou dans les cafés, attiraient les foules.

Suite aux émeutes de fin avril, les arrestations se poursuivaient. Une mère de quatre enfants, enceinte, venait d'être exécutée pour avoir participé à ces manifestations. La tension était donc montée d'un cran.

C'est dans ce climat très tendu que Julie, accompagnée de Garou et de Thomas, découvrit la capitale. Ils avaient laissé leurs montures à la porte des Amandiers, dans un relais qui les garderait le temps de ce périple parisien. Bien entendu, Garou n'était pas venu pour faire du tourisme. Il cherchait absolument à entrer en contact avec l'un ou l'autre des jeunes chefs de file de la contestation ainsi qu'avec ses homologues venus des autres régions de France.

Il avait entendu parler de Camille Desmoulins, un orateur hors pair qui subjuguait les foules. Celui-ci se rendait souvent au café du Parnasse ou au café de Foy quand il ne circulait pas dans le Faubourg du Temple, quartier où les gens étaient très réceptifs à ses discours enflammés sur la liberté, la juste répartition des taxes et des impôts.

Ce matin-là, troisième jour de visite dans la capitale, Thomas accompagnait Julie sur les bords de Seine, non loin du Palais Royal. La présence des gardes françaises était importante et l'on ne pouvait pas très facilement approcher les bâtiments. Julie, qui, pendant ces instants oubliait la situation dans laquelle elle se trouvait, admirait ce Paris de fin du XVIIIe siècle. Tant de choses allaient se dérouler dans les jours à venir, tant d'événements allaient se précipiter ! Elle vivait là une véritable leçon d'Histoire et comptait bien en profiter pleinement. Elle était déjà venue à Paris et elle essayait de replacer les éléments dans le contexte de son siècle. Ici, la grande pompe mécanique installée sous Louis XIII se trouvait au niveau de la deuxième arche du Pont Neuf. Cet édifice, qui alimentait en eau le Louvre et les Tuileries, donnerait plus tard son nom de Samaritaine aux magasins qui s'implanteraient à l'extrémité du pont. En face, sur l'autre rive, la majestueuse Conciergerie dont la toiture venait de souffrir d'un récent incendie heureusement sans conséquence. Passant devant le pont, elle entrevit, à l'extrémité de l'Ile de la Cité, la statue d'Henri IV, celle-là même qui serait fondue en 1792 pour en faire des canons.

Garou n'était pas venu avec eux ce matin, il avait à faire du côté du Faubourg du Temple. Il devait rencontrer, enfin, Camille Desmoulins et discuter avec lui du rôle que pourraient jouer les sympathisants venus des diverses provinces. Julie aurait aimé rencontrer le prestigieux orateur qu'elle n'avait vu que dans les livres. Cela n'était que partie remise.

À sa gauche, maintenant, la place de Grève occupée pour l'essentiel par l'Hôtel de Ville. L'endroit était beaucoup plus petit, lui sembla-t-il, les maisons plus serrées sur le pourtour de la place, l'endroit très populeux. Des soldats, en nombre, disposés en un cordon devant le bâtiment, surveillaient, l'œil scrutateur, les mouvements des passants. Les soldats avaient l'air tendu, nerveux, les doigts crispés sur la crosse de leurs fusils qu'ils tenaient en bandoulière.

— Dites-moi, sieur Thomas, demanda Julie. Pourrions-nous aller vers Notre-Dame ?

— Notre-Dame ? Pourquoi pas ? Je n'y vois pas d'inconvénient. Au contraire. La présence des soldats se fera peut-être moins sentir, car je dois bien avouer qu'ils me mettent très mal à l'aise.

Ils franchirent donc la Seine au pont suivant, le pont Notre Dame qui menait sur la place de la Cathédrale.

Évitant les passants et les voitures qui circulaient de façon un peu désordonnée, Thomas s'arrêta soudain sur place comme tétanisé, le regard vers un point précis de la foule.

Julie tenta de saisir ce qui pouvait bien étonner son guide. Elle comprit très rapidement l'objet de cette surprise. A quelques pas, penché devant l'étalage d'un marchand de couteaux et de ciseaux, un homme rondouillard discutait fermement avec le vendeur. Rien que de très banal en somme si le personnage n'avait porté, sur le côté gauche de son visage, une longue cicatrice boursouflée et rouge du haut de la pommette jusque vers la tempe. Le sang de Thomas ne sembla faire qu'un tour.

— Eh toi !

Comme le badaud ne réagissait pas, Thomas réitéra son appel, d'une voix plus forte.

— Eh toi ! L'homme à la cicatrice !

Cette fois l'individu tourna son visage qui refléta instantanément une stupeur fort compréhensible. Il lâcha le couteau qu'il examinait attentivement et, tournant les talons, se mit à courir, fendant la foule qui se faisait plus compacte à mesure que l'on approchait de la Cathédrale. Julie emboîta le pas à Thomas qui s'était immédiatement lancé à la poursuite de l'individu. Il ne fallait surtout pas le laisser s'échapper.

Thomas était véloce, agile et souple. Il gagnait du terrain sur sa proie. Dans une ruelle adjacente que les deux hommes avaient empruntée, il fut rapidement sur lui et l'agrippa par le col de son épaisse chemise de toile. Le poursuivant s'était alors retourné, faisant face, le regard haineux, un long coutelas effilé dans la main droite. Il effectua un arc de cercle de son bras armé et la lame frôla dangereusement le cou de Thomas. Ce dernier, se ressaisissant, avait également tiré un poignard de sa ceinture. Le combat risquait d'être difficile pour le jeune homme. Bertrand, puisqu'il s'agissait bien de lui, était puissant et solide. Bien campé sur ses deux jambes épaisses, il ne se laisserait pas faire aussi facilement. Il avait l'air d'un homme habitué au combat et Thomas se dit qu'il devait en tenir compte.

Julie, désemparée, assistait à la scène. Elle craignait déjà le pire. Que se passerait-il si Thomas était blessé ou tué ? Dans quelle nouvelle situation dramatique allait-elle tomber ? Elle ne pouvait pas laisser les choses ainsi. Avisant un pavé descellé, elle s'en saisit et se concentra un instant. Que lui disait donc François à ce propos lorsqu'il s'entraînait à l'aide de pierres des chemins à viser les pommes de pins suspendues quelques mètres au-dessus de sa tête ? Bien recourber le bras vers l'arrière au-dessus de l'épaule, décontracter son poignet, fermer un œil et bloquer sa respiration. Sans attendre, elle appliqua ses principes élémentaires et projeta le pavé de toute la force dont elle était capable.

Bertrand fut touché en plein front et sembla ne pas comprendre ce qui lui arrivait. Il chancela, perdit l'équilibre un instant. Ce fut suffisant. Thomas l'avait désarmé et d'une forte bousculade l'avait projeté au sol, son bras levé au-dessus du cou et prêt à donner la mort.

— Non ! cria Julie. Ne le tuez pas !

Thomas se tourna, incrédule.

— Ne le tuez pas. Nous allons peut-être, grâce à lui, pouvoir retrouver Hortense.

— Très bien. Je l'épargne, pour l'instant du moins.

Et d'un coup du manche de son couteau porté sur la tempe de l'individu, il l'assomma sans plus de commentaires.

16

Thomas, avec l'aide de quelques passants, avait tiré le corps inanimé de Bertrand sous une porte cochère. Les badauds, qui furent gratifiés d'une pièce, ne demandèrent pas d'explication.

Pour Julie, un espoir refaisait surface. Il y avait peut-être là moyen de retrouver la trace d'Hortense. Si Bertrand était à Paris, Alfonso ne devait pas être très loin. Avec l'aide de Garou et de ses compagnons, il serait peut-être possible de délivrer la jeune fille, s'il n'était pas trop tard évidemment. D'ailleurs Hortense elle-même ne se trouvait pas forcément dans la capitale. Elle pouvait très bien être retenue en Province, ou pire encore, avoir été tuée par ses ravisseurs.

L'homme de main ne resta pas très longtemps inconscient. Thomas, par précaution, lui avait solidement ficelé les poignets et les chevilles. Ouvrant les yeux et apercevant son adversaire, l'homme roula des yeux fous et chercha à se débattre. Mais rien n'y fit. Il ne put que gigoter inutilement et lancer une série de jurons qui n'effrayèrent personne.

— Ne te fatigue pas ainsi, c'est inutile. Dis-moi plutôt ce que tu fais ici, à Paris ?

L'homme se tut, prenant visiblement le parti de ne plus rien dire.

— Tu as tort, reprit Thomas. Il serait beaucoup plus simple que tu me racontes tout maintenant, sans m'obliger à recourir à d'autres moyens beaucoup moins agréables. Qu'en penses-tu ?

Bertrand ne répondit pas. Il n'avait décidément pas l'air disposé à parler. Thomas sortit alors son long coutelas et le promena doucement sur le cou épais de l'homme, appuyant sensiblement la pointe au niveau de la carotide gauche. Une fine gouttelette de sang perla.

Julie détourna les yeux. Elle ne voulait pas assister à cette scène. Bien sûr, Bertrand était un malfaiteur de la pire espèce qui ne valait même pas la corde pour le pendre, mais elle répugnait aux scènes de violence. Sans doute cela était-il nécessaire, mais elle avait du mal à l'accepter. Elle fit quelques pas dans la rue tandis que dans son dos, elle entendait Bertrand gémir puis pousser un cri de douleur.

Thomas la rejoignit dans la rue.

— Rien à faire. Il dit qu'Hortense a réussi à s'enfuir il y a quelques jours. Il ne sait pas où elle se trouve. Quant à Alfan, il a quitté son logis précipitamment.

— Mais alors, comment fait-il pour entrer en contact avec lui ?

— Il ne me l'a pas révélé et je pense que je n'en saurai pas plus. Il me semble avoir plus peur d'Alfan que de moi-même.

Ce qui n'étonna pas Julie.

— Qu'allez-vous faire de lui ?

— Rien de particulier. Je vais le laisser là. Qu'il se débrouille. Après tout, il ne nous est plus d'aucune utilité.

Julie fut soulagée de savoir que Thomas n'allait pas exécuter son prisonnier. Cela n'aurait effectivement pas servi à grand-chose. À présent, Bertrand se méfierait de Thomas et ne représentait peut-être plus un réel danger. La seule chose qui ennuyait Julie était de n'avoir aucun renseignement sur la cachette d'Alfonso. Car elle le savait, lui seul avait le moyen de la faire revenir au XXIe siècle.

— Ne pourrions-nous pas le faire surveiller ? J'ai un compte à régler avec Alfan, déclara-t-elle.

Thomas réfléchit un instant. Personnellement, il n'y voyait aucun intérêt, mais sans doute que pour la jeune fille cela avait une importance capitale. Elle avait évité à Garou et sa troupe de tomber dans le piège tendu par le Comte de Beaudemont, il pouvait donc accéder à sa requête et faire surveiller le sinistre Bertrand.

— Entendu. Je vais envoyer deux de nos hommes qui resteront accrochés à ses basques. S'il prend contact avec Alfan d'une façon ou d'une autre, nous le saurons. Mais bien sûr, je dois en parler à Garou.

— Bien entendu. Je comprends. Je vous remercie Thomas. Si vous saviez ce que cela représente pour moi !...

Thomas vérifia les liens de son prisonnier, le tira tant bien que mal dans un angle de la petite cour où il était allongé et l'assomma d'un nouveau coup sur le crâne.

— Comme cela, le temps que je délègue deux de nos compagnons, il ne risquera pas de prendre la poudre d'escampette.

Garou n'était pas rentré de sa visite au Faubourg du Temple. Thomas ne perdit pas de temps et demanda à deux de ses amis de se rendre rue du Cloître afin de surveiller et de suivre Bertrand. Il ne fallait le perdre de vue sous aucun prétexte. Cette surveillance devait durer jusqu'à ce qu'un contact soit établi entre le malfaiteur et son chef Alfan. L'un des deux hommes devrait alors se charger de rapidement donner l'alerte.

C'était plus que Julie ne pouvait espérer. Restait maintenant à retrouver Hortense si toutefois elle était bien à Paris.

— J'ai encore une demande à formuler.

Thomas la regarda avec inquiétude. Cette demoiselle ne s'arrêtait donc jamais ? Elle avait du caractère et visiblement la ferme intention de mener ses projets à leur terme.

— J'aimerais me lancer à la recherche d'Hortense. Elle doit se cacher ici, dans la ville. Elle est peut-être en danger ou totalement désespérée. Même si la chance de la retrouver est infime, je ne veux pas la laisser passer. Je m'en voudrais de ne pas essayer.

Thomas comprenait son point de vue. Même si Hortense de Beaudemont était de famille noble et fille d'un ennemi du progrès et de la liberté, elle n'était pas responsable de cet état de fait. Il n'était pas dans les habitudes des patriotes de s'en prendre aux enfants, même si Garou avait une fois, il est vrai, dérogé à cette règle. Il n'aurait de toute façon fait aucun mal à l'enfant et l'aurait libérée même si ses exigences n'avaient pas été satisfaites.

— Comment comptes-tu faire ?

— Je vais arpenter les quartiers à sa recherche.

— Cela risque de prendre beaucoup de temps.

— Je possède un avantage certain.

— Oui ?

— Mon visage, qui est presque semblable au sien. Peut-être me reconnaîtra-t-on, enfin je veux dire, la reconnaîtra-t-on ?

— Tu as raison. L'idée est séduisante. Ton plan n'est pas mauvais mais tu risques de faire de mauvaises rencontres. Et je ne puis te donner un garde du corps de plus.

— Ce n'est pas grave. Je ne me mettrais en quête qu'aux heures du jour. Je pars le matin et rentre pour la fin de journée. Qu'en pensez-vous ?

— Je le répète, il y a un risque. Et Garou qui

n'est toujours pas là. Je ne peux même pas lui demander son avis.

— Allez Thomas, faites un geste. Garou serait certainement d'accord. Faisons un essai. Je pars maintenant pour deux heures tout au plus et je vous indique le secteur que je compte arpenter. Cela vous convient-il ?

— Mmmm...

— Avez-vous un plan de la ville ?

Thomas ouvrit une malle qui se trouvait dans l'angle de la pièce et en tira un rouleau retenu par un ruban de tissu. Il étala la carte sur la table de chêne et posa son doigt sur un endroit bien précis.

— Nous sommes exactement ici.

Il désignait une ruelle perpendiculaire à la rue Saint Martin. C'est là que Garou avait déniché un logis assez vaste pour abriter les six hommes de son groupe ainsi que la fillette. La bâtisse, un ancien corps de ferme, prêté par des amis, donnait l'impression, avec son jardin en friche et ses murs décrépis, d'être inhabitée.

Il déplaça son doigt vers la droite.

— Ici le Temple, de l'autre côté de la rue Saint Martin. Plus bas, vers la Seine, la place de Grève où nous étions tantôt. Si tu veux, tu peux commencer par explorer ce secteur. En deux heures de temps, tu ne peux aller très loin, surtout si tu dois interroger tous les gens que tu vas croiser.

— C'est entendu. Je serai donc de retour bientôt. Merci Thomas.

Et Julie, guillerette, l'espoir au cœur, traversa le jardinet et partit à l'aventure.

17

Pendant trois jours, sans se décourager, Julie arpenta les rues. Elle avait, peu à peu, appris à connaître la configuration des différents quartiers les plus proches de la cachette de Garou. Ainsi, depuis le secteur de Beaubourg, elle avait successivement exploré les quartiers des Graviliers, de Bonne-Nouvelle, de Mauconseil, des Postes, de la Place Louis XIV, de la Fontaine-Montmorency, de la Halle au blé et enfin du Roi de Sicile. Chaque jour, elle découvrait de nouvelles choses et s'émerveillait un peu plus. Que n'avait-elle donc son appareil photo numérique avec elle ? Elle aurait pris de si étonnants clichés des bâtisses, des passants, de la Seine, des parcs et des jardins...

Mais elle était bien consciente, que malgré

ses recherches, aussi minutieuses soient-elles, elle pouvait très bien passer à côté d'Hortense sans le savoir. En plus de ses investigations très méthodiques, elle devait compter sur la chance et le hasard. Ou bien alors, et elle y pensait très souvent, la jeune fille était en province et dans ce cas...

Garou, tout d'abord hésitant, avait accepté que Julie parcoure ainsi les rues de la ville. Elle devait simplement, à chaque sortie, indiquer le secteur qu'elle allait explorer et l'heure à laquelle elle serait de retour. Paris pouvait s'avérer dangereuse pour une jeune fille seule qui déambulait dans les rues. Mais Garou était occupé par d'autres affaires très importantes. Les événements s'enchaînaient à vive allure.

À Versailles, les députés du Tiers-Etat avaient quitté la salle de réunion et s'était réfugiés dans la salle du jeu de Paume. Ils s'étaient proclamés Assemblée Nationale, puis Assemblée Constituante. Ils avaient refusé de se disperser et Louis XVI, finissant par céder, avait demandé au Clergé et à la Noblesse de rejoindre cette nouvelle assemblée. La monarchie semblait alors en déroute, mais le Roi venait de rappeler vingt mille hommes de troupes qui s'étaient installés aux portes de la capitale.

Julie savait qu'il fallait faire vite. Dans quelques jours, la foule des Parisiens se jetterait sur les Invalides, l'Arsenal et la Bastille et il ne ferait pas bon traîner dans les rues. Pourrait-elle retrouver Hortense d'ici là ?

Au soir du troisième jour, dépitée, le moral en berne, elle regagnait la rue Saint-Martin, lorsqu' un ecclésiastique, qui avançait dans sa direction s'arrêta net en ouvrant de grands yeux.

— Hortense ? Mais que fais-tu là ? Tu sais bien qu'il n'est pas prudent de sortir tant que...

Julie accéléra le pas et s'approcha du religieux.

— Vous avez dit Hortense ?

— Oui, bien sûr. Comment veux-tu donc que je t'appelle ?

— Appelez-moi Julie.

— Julie ? Mais...

— Je sais, cela surprend toujours. Disons que je suis un peu comme une sœur jumelle, sans l'être vraiment.

— Tes propos sont bien curieux jeune fille.

— Ce que j'essaie de vous faire comprendre c'est que je ressemble à Hortense mais n'ai cependant aucun lien de parenté avec elle.

C'est très étrange, mais c'est ainsi.

Julie, un instant eut tout de même un doute sur ses propres paroles. Et si Hortense était de sa famille ? Peut-être était-elle son ancêtre ? Elle n'avait pas encore pensé à ça.

— En effet, répondit le prêtre. Et que fais-tu donc par ici... Julie ?

— Je cherche Hortense, justement. Elle est en danger et...

— Tu voudrais l'aider, n'est-ce pas ?

— J'aimerais bien. Je sais qu'elle est en danger ici. Elle a été enlevée, cependant elle a réussi à échapper à ses ravisseurs. Mais j'y suis, vous l'avez donc vue ?

— Mieux que ça. Viens par ici.

Ils s'éloignèrent du milieu de la rue, laissant passer des ouvriers porteurs de lourds madriers de bois et une voiture qui filait bon train. S'assurant que personne n'était à proximité et ne pouvait entendre ses propos, l'homme reprit, à voix plus basse :

— Je suis le Père André, de la paroisse de Saint Merri. J'ai recueilli Hortense il y a quelques jours. Elle était désemparée et elle m'a raconté ses mésaventures. Depuis, elle reste cachée au presbytère et je cherche, par tous les moyens, à lui faire quitter la ville pour qu'elle puisse regagner les Charentes.

— J'ai peut-être ce moyen, mon Père, répondit Julie. J'ai ici quelques amis qui pourront peut-être l'aider à rentrer chez elle.

Là, Julie s'avançait peut-être un peu, mais elle se faisait fort de convaincre Garou.

Autant Julie était heureuse, autant le Père André semblait soulagé.

— Rejoins l'église tout à l'heure, après l'angélus. La porte du presbytère est sur l'arrière.

— C'est entendu, je serai là.

Julie rejoignit Thomas qui lui trouva, contrairement à l'accoutumée, la mine réjouie.

— Thomas, je l'ai trouvée ! Je l'ai trouvée !

Ce disant, elle avait sauté au cou du jeune homme, faisant claquer une bise sonore sur sa joue mal rasée.

— Eh bien, voilà une bonne nouvelle. Tu es d'une persévérance étonnante. Je ne sais pas si j'aurais tenu aussi longtemps. Cependant...

— Qu'y a-t-il ? Vous me semblez pensif.

— L'homme qui surveillait Bertrand l'a perdu de vue. Le forban, très malin, a fini par se douter qu'il était suivi et lui a faussé compagnie dans le secteur de Poissonnière. Nous aurons du mal à le retrouver. Et Alfan va donc nous échapper.

Julie se laissa tomber sur une malle. Évidemment, tout ne pouvait aller selon ses désirs. Elle retrouvait Hortense mais elle perdait Alfan. Du coup, tout espoir de retourner au XXIe siècle s'envolait. Elle allait rester bloquée ici... Elle se sentit soudain toute petite, perdue, abandonnée et se mit à pleurer, la tête dans ses bras. Thomas, également attristé, s'était approché et doucement, lui caressait les cheveux pour la consoler.

— Vous êtes gentil Thomas, mais avec cette nouvelle, la tristesse m'envahit.

— Mais pourquoi donc est-ce si important pour toi de retrouver Alfan ? Nous sommes débarrassés de lui. Tu es en sécurité avec nous, il ne t'importunera plus.

— Je sais. Ce n'est pas à cause de ça. C'est beaucoup plus compliqué, tu ne comprendrais pas...

Elle sécha ses larmes et grignota un quignon de pain qui traînait sur la table. Garou n'allait pas tarder à rentrer. Il avait rencontré Camille Desmoulins à plusieurs reprises et préparait une grande manifestation. Des rumeurs parlaient d'un possible renvoi de Necker, le Ministre des Finances du Roi et les Parisiens étaient inquiets. Necker était apprécié, il avait souvent cherché à réduire les dépenses de l'État et à demander aux plus riches une plus grande participation financière.

L'angélus sonna à l'église Saint-Merri toute proche. Finalement, et Julie venait de s'en rendre compte, Hortense était à deux pas. Dire qu'elle avait fait des kilomètres et des kilomètres. Mais l'important était de l'avoir retrouvée.

— Je dois y aller, Thomas. Père André m'a demandé de rejoindre le presbytère à l'angélus.

— Sois prudente et ne tarde pas.

— Ne vous inquiétez pas. Une simple visite pour aujourd'hui, le temps que nous échafaudions un plan pour la reconduire chez elle.

— Nous ?

Mais Julie était déjà dehors. Thomas se mit à rire. Quel petit bout de femme que cette gamine endiablée ! Rien ne semblait jamais l'arrêter !

Julie n'eut donc pas très loin à aller. L'église était à cinq minutes et elle trouva aisément la porte du presbytère. Le Père André l'attendait et la dirigea immédiatement vers la pièce principale de son logis. Julie s'arrêta sur le seuil, curieuse et ravie. Hortense se tenait là, debout, dans une magnifique robe bleu azur. Ses longs cheveux blonds glissaient sur ses épaules et ses deux petits yeux malicieux pétillaient de joie. Elles n'eurent pas besoin de se parler. D'un même mouvement, elles se précipitèrent l'une vers l'autre et s'étreignirent avec force. Le Père André en eut une petite larme.

— Comment est-ce possible ? demanda Hortense. Nous sommes quasiment identiques.

— Maintenant que nous sommes plus proches, tu as raison. Les yeux, les cheveux, le visage et même la voix ! C'est vraiment étonnant. Nous sommes peut-être de la même famille.

— Non, je ne crois pas, je n'ai pas de sœur et encore moins de sœur jumelle.

Mais ce n'est pas à cela que Julie pensait. N'avait-elle pas devant elle son arrière-arrière-arrière-grand-mère ? Il n'y avait qu'une solution pour en être tout à fait sûre, un test ADN. Mais les connaissances scientifiques de l'époque ne le permettaient pas.

— Eh bien, à défaut de liens familiaux, reprit Hortense, soyons amies.

— Avec joie. Les amies sont faites pour s'entraider. Aussi, je pense pouvoir te permettre de regagner ta province natale. Qu'en dis-tu ?

— C'est une merveilleuse nouvelle. Mais que

pourrais-je faire pour te remercier ?

— Ne fais rien. Tu as été victime d'un enlèvement, ton père doit être mort d'inquiétude. T'aider à le retrouver me suffira. Moi-même, tu le sais, j'ai failli subir le même sort...

— Cet Alfan !

— Oui, ce terrible Alfan qui ne recule bien souvent devant rien. Nous avons eu de la chance.

À cet instant, la porte extérieure claqua.

— Je l'avais pourtant bien fermée à clef, me semble-t-il, dit Père André.

Des pas se firent entendre et Alfan, accompagné de Bertrand, fit irruption dans la pièce.

— Quelle excellente journée ! déclara le bandit. Une de perdue, deux de retrouvées. Je pense que nous allons à nouveau envisager l'avenir avec sérénité.

Père André s'était avancé au-devant des deux hommes.

— Je ne vous permets pas ! Je vous...

Bertrand avait tiré un pistolet de sa large ceinture et en asséna un coup violent sur le crâne du vieil homme. Ce dernier s'écroula sur le sol.

Hortense s'agenouilla près de lui. Le prêtre respirait encore, il était simplement commotionné.

— Vous n'êtes que des sauvages ! cria-t-elle. Que vous a-t-il donc fait ?

— Suffit ma jolie, tu n'es pas en mesure de dicter ta loi. Bertrand, occupe-toi d'elles.

Avant que les deux jeunes filles n'aient eu le temps de réagir, Bertrand avait fait apparaître deux cagoules de tissu qu'il leur glissa sur les visages. Un cordon permettait de les serrer pour qu'on ne puisse les ôter facilement. Il leur ficela encore les mains dans le dos et sans un mot, elles furent poussées en avant.

18

Durant trois jours, Hortense et Julie restèrent enfermées dans une pièce sombre de petites dimensions. L'unique fenêtre était occultée par un volet de bois et la porte fermée à double tour. Elle ne s'ouvrait que trois fois par jour lorsque Bertrand apportait une écuelle emplie d'une infâme bouillie de légumes que les fillettes avalaient goulûment tout de même car elles avaient très faim. Elles n'avaient pas revu Alfan depuis le jour où celui-ci les avait capturées dans l'église Saint-Merri.

Julie espérait que Thomas, inquiet de ne pas la voir revenir, avait rejoint l'église pour prendre des nouvelles. Le Père André avait dû lui raconter les derniers événements.

La situation semblait désespérée. Il n'y avait

maintenant pratiquement aucune chance que Garou et ses hommes les retrouvent et les libèrent. L'angoisse commençait à envahir les deux jeunes filles. Quel sort Alfan leur réservait-il ?

Hortense et Julie avaient donc eu le temps de se parler. Si Hortense avait dit l'entière vérité sur ses origines nobles et la situation de son père le Comte de Beaudemont, Julie avait dû mentir. Comment expliquer à Hortense qu'elle venait d'un autre siècle ? Malgré toute l'intelligence dont la jeune fille semblait dotée, elle aurait sûrement eu beaucoup de mal à comprendre ce curieux phénomène. Julie s'inventa donc de lointains parents en Bretagne qu'elle n'avait jamais connus, un oncle qui l'avait élevée et sa fuite vers la capitale car son tuteur était devenu violent. Bien que ce mensonge la gênât, leurs rapports étaient très francs et très directs. Elles avaient l'impression de s'être côtoyées depuis toujours et donc d'être un peu comme deux sœurs jumelles. Hortense raconta sa vie au château, les longues promenades en forêt, parla de son cheval Coquillette qu'elle adorait et qu'elle montait depuis toute petite. Cependant, elle parla très peu de sa mère. Celle-ci était décédée alors qu'elle n'avait que trois ans. Une mauvaise grippe l'avait emportée en quelques jours, assombrissant le regard du Comte pour toujours. Julie lui parla de la situation à Paris, des États Généraux, des événements inquiétants qui semblaient se préparer et du risque encouru par les nobles d'une manière générale. Julie se souvenait des textes étudiés en classe et qui relataient les exactions menées par les paysans contre les nobles de province. Elle craignait pour le père d'Hortense.

Elles réalisèrent rapidement qu'il n'y avait aucune chance de s'échapper. Alfan ne commettrait pas deux fois la même erreur. Le matin du quatrième jour, Bertrand vint leur annoncer qu'elles devaient se préparer pour sortir. Son maître Alfan avait enfin trouvé comment se débarrasser d'elles. Un riche aubergiste installé au nord de Paris, près de Chantillly exactement, recherchait de la main d'œuvre pour tenir son établissement. Courses, cuisine, ménage, service des clients, linge, nettoyage, il y aurait de quoi s'occuper. Les fillettes n'auraient en contre-partie droit qu'au toit et au couvert. Pas de salaire. Par contre, l'aubergiste devait verser à Alfan une forte somme d'argent pour acquérir les deux jeunes travailleuses.

— En somme, répondit Julie, ce n'est ni plus ni moins que de l'esclavage !

Bertrand la regarda avec des yeux ronds. Qu'y avait-il là de si extraordinaire ? Cette pratique était tellement courante avec les enfants, surtout lorsqu'ils étaient sans famille ou séparés de leurs parents. Personne ne viendrait réclamer Julie, quant au Comte de Beaudemont, les ennuis qu'il allait bientôt subir ne lui permettraient pas de se lancer à la recherche de sa fille. Elle serait perdue à jamais.

Les enfants se résignèrent. Pour le moment, il n'y avait rien d'autre à faire. Elles quittèrent donc les lieux, encadrées par Alfan, Bertrand et Jehan qui était réapparu.

Julie ne reconnut pas ce quartier. Il était l'un de ceux – nombreux – qu'elle n'avait pas visités. Le groupe emprunta une succession de ruelles, changeant constamment de direction, Jehan et Bertrand lançant des regards inquisiteurs sur les côtés et derrière eux. Julie espérait qu'un hasard improbable les fasse croiser Garou, Thomas ou l'un de ses compagnons.

Alfan dut deviner ses pensées.

— N'y pense même pas. Aujourd'hui, ton Garou de malheur est très occupé. Il a rejoint ses hommes à Chelles avant-hier et les a conduits vers les Invalides. Il va aider la foule qui s'y est rassemblée depuis tôt ce matin. Il ne s'inquiète plus pour toi, il t'a peut-être même déjà oubliée ! Ah ! Ah !

Mais oui ! Comment Julie n'y avait-elle pas pensé ? Nous étions le 14 juillet ! Cette journée, qui resterait gravée dans l'histoire de France allait être terrible. D'ailleurs, ne se dirigeait-on pas vers la Bastille ?

— Nous allons à la Bastille, n'est-ce pas ?

— Je ne voudrais surtout pas rater ça, tu comprends ! Les portes de l'Arsenal et de la Bastille vont bientôt s'ouvrir. Ce que ne dit pas l'Histoire, c'est que les rois y cachaient une partie de leurs trésors. C'est bien pour cela que je désire être sur les lieux.

Julie aurait dû se douter qu'Alfonso n'allait pas à la Bastille pour assister à un cours d'histoire. Seul l'appât du gain pouvait le guider, comme toujours.

En approchant du faubourg Saint Antoine, la foule devint plus dense. Les hommes, les femmes, les enfants sortaient de partout et commençaient à constituer une sorte de flot humain qui se dirigeait vers une même direction. Le bruit de cette foule allait en s'amplifiant et l'on entendait au loin des détonations qui résonnaient comme des coups de tonnerre.

Afin de ne pas perdre ses prisonnières, Bertrand leur attacha les poignets à l'aide d'une solide corde. Ces sortes de menottes étaient reliées, par un autre cordon, à la ceinture du malfaiteur. Ainsi, les fillettes disposaient de très peu de marge de manœuvre et ne pouvaient de toute façon pas s'enfuir.

On arriva devant la Bastille. La foule était massée sur l'esplanade. Des soldats s'étaient joints aux Parisiens en colère et des chevaux approchaient, tirant des canons.

— De la poudre ! De la poudre ! Il nous faut de la poudre ! criait-on de toute part.

— Allons à l'Arsenal ! Nous en trouverons !

L'Arsenal était à deux pas. Un groupe se détacha, porteur de fusils, de piques, de bâtons...

Julie connaissait la suite de l'histoire. L'Arsenal serait pillé, les manifestants lanceraient quelques salves en direction des murailles de la forteresse et le gouverneur Launay, prenant peur, ferait tirer sur la foule.

Ce serait alors la ruée vers la porte d'entrée qui ne tiendrait pas bien longtemps puis le massacre des hommes se trouvant à l'intérieur. Alfonso lui, n'attendait qu'une chose, que l'Arsenal soit ouvert. Les Parisiens s'étaient focalisés sur les munitions et en oubliaient l'argent qui dormait derrière les murs du bâtiment.

Du haut de la muraille de la Bastille, un homme cria quelque chose que personne ne saisit. En guise de réponse une salve fit voler la pierre à ses côtés et il disparut aussitôt. Pendant ce temps, les portes de l'Arsenal avaient cédé sous la pression de la foule. Déjà, des hommes s'engouffraient à l'intérieur et revenaient, roulant devant eux des tonneaux de poudre.

— C'est parfait, dit Alfonso. Attendons qu'ils aient fini leur manège. Tandis qu'ils s'écharperont devant la Bastille, nous irons ramasser notre dû. Ah ! Ah !

Julie était horrifiée. Cet homme était ignoble. Alors que des gens allaient mourir, allaient se sacrifier pour faire souffler sur le pays un vent de liberté, il ne pensait qu'à l'argent, encore à l'argent. Elle enrageait de ne pouvoir rien faire pour empêcher cela. À plusieurs reprises elle essaya de tirer sur la corde pour prendre un peu de distance, mais à chaque fois, Bertrand limitait ses mouvements d'une poigne ferme. Le brouhaha devenait presque insupportable. Des coups de feu claquaient. Un premier canon fut opérationnel, et après plusieurs tirs, fit voler en éclat la porte d'accès à la forteresse. Du haut des remparts, les gardes suisses avaient ouvert le feu, faisant des dizaines de victimes parmi les manifestants. Mais la foule continuait d'avancer.

Hortense avait peur, elle tremblait, ne savait où se mettre. Julie s'approcha d'elle pour la rassurer, mais les mots ne venaient pas. La situation semblait dramatique. Elle jeta un œil dans la foule. Elle porta son regard un peu plus loin. Rien. Elle ne voyait pas Garou et ses hommes. Peut-être étaient-ils restés aux Invalides pour prévenir une éventuelle arrivée de troupes. Des rumeurs parlaient de soldats du Roi stationnés sur le Champ de Mars. Il n'y avait donc rien à espérer de ce côté.

La voie vers l'Arsenal s'étant dégagée, Alfonso donna le signal de s'y rendre rapidement. Il ne fallait pas traîner. Jehan s'était occupé de dénicher une charrette à bras pour transporter d'éventuels sacs si le butin était important.

Alors que le groupe s'approchait de l'accès, un violent éclair violet aveugla ravisseurs et prisonnières. Une forte fumée qui s'était dégagée au même instant se dissipa peu à peu et plusieurs silhouettes apparurent. Julie écarquillait les yeux. Les ombres se précisèrent, les formes se dessinèrent. Elle ne croyait pas ce qu'elle voyait là. Le miracle tant espéré était en train de se produire.

Barrant le passage, cinq hommes se tenaient debout, les visages sévères, les bras prolongés par de longues épées aux tranchants effilés. Bien qu'ils fussent vêtus à la mode du XVIIIe siècle, Julie reconnut, sur la droite, les Chevaliers de la Vezouze, tout droit issus du Moyen-Âge et à l'extrémité gauche, son cousin qui avait réussi à la retrouver.

— François ! s'écria Julie. Comment est-ce possible ? Et vous, Messire Aubin !

L'homme qui se trouvait à droite s'inclina légèrement en guise de salut.

Alfonso roulait des yeux fous. Pour lui, visiblement, les choses tournaient au vinaigre. Cette soudaine apparition contrecarrait ses plans. Il tourna les talons et disparut sans demander son reste. Bertrand et Jehan étaient restés interloqués et deux des soldats en armes qui accompagnaient François s'étaient lancés à la poursuite d'Alfonso.

François s'était approché, fixant Hortense avec attention et surprise.

— Je te présente Hortense de Beaudemont, fille du Comte du même nom, dit Julie.

François s'inclina. Julie lui expliquerait tout ceci un peu plus tard. Lui-même avait tant de choses à lui raconter. Pour l'heure, Bertrand et Jehan avaient été désarmés et les jeunes gens regardaient l'hallucinant spectacle qui se déroulait sous leurs yeux.

19

Alfonso n'alla pas bien loin. Il fut très rapidement rattrapé et maîtrisé par les deux robustes chevaliers qui s'étaient lancés à sa poursuite. La foule, bien trop occupée à investir la Bastille, n'avait même pas fait attention à ces deux personnages munis de si longues épées qui n'étaient plus en usage depuis fort longtemps.

— Que proposez-vous ? demanda Julie, lorsque le groupe au complet se fut un peu éloigné de la place et réfugié à l'écart de l'esplanade.

— Serait-il possible de rejoindre un endroit un peu plus tranquille afin de discuter de tout ceci ? demanda soudainement François. La situation a l'air compliquée.

— Beaucoup plus que tu ne peux l'imaginer,

lui répondit sa cousine. Je connais un endroit où nous serons en sécurité.

De fait, Julie pensait à la cachette de Garou. L'endroit était discret, spacieux et les compagnons du rebelle offriraient une protection supplémentaire.

Ils gagnèrent la rue Saint-Martin qui n'était guère éloignée. La foule se faisait moins dense, mais un bruit de fond, constant, ne cessait de se faire entendre. Cris de manifestants, coups de feu. L'odeur de la poudre flottait dans l'air et une brume grisâtre planait au-dessus des toits.

L'endroit était désert. Garou et ses hommes n'étaient pas là, certainement retenus aux Invalides, au Champ-de-Mars ou en tout autre endroit où les Parisiens auraient besoin d'aide pour affirmer leur volonté. Ils s'installèrent dans la pièce commune, sur des bancs, Alfonso étroitement surveillé par ses deux gardiens. Jehan et Bertrand avaient quant à eux été enfermés dans une cave dont la porte fut solidement verrouillée.

Le silence se fit, chacun se regardant à tour de rôle, et personne n'osant prendre la parole. Finalement, c'est Hortense qui intervint.

— Vais-je pouvoir rentrer chez moi ?

Elle implorait Julie du regard.

— Nous allons tous ensemble rechercher une solution, rassure-toi.

Et elle se tourna vers François pour poursuivre.

— Je pense que nous devrions pouvoir régler cela. Qu'en penses-tu ?

— Messire Aubin et ses compagnons se feront certainement un plaisir de raccompagner Hortense. Mais j'imagine qu'il ne faut pas tarder.

L'interpellé interrogea François du regard, mais c'est Julie qui délivra les informations.

— Hortense a été enlevée par ce brigand d'Alfonso. Vous pourriez peut-être l'aider à retrouver son père ? Le Comte réside à trois journées de cheval.

Pour le cavalier émérite qu'était Messire Aubin, cela ne représentait pas un obstacle insurmontable. Le chevalier approuva en hochant la tête.

— Nous pouvons nous en charger, bien sûr, répondit-il dans sa langue mi franque mi germanique.

— Et Alfonso ? demanda Julie.

— Ne t'inquiète pas, lui répondit François. Le Professeur Nollet m'a laissé une petite surprise pour lui. Mais je vais t'expliquer tout ça.

Alfonso qui n'avait pas encore ouvert la bouche et avait conservé une mine renfrognée, rejoignit ses comparses dans la cave. Messire Aubin se chargerait de le faire parler afin de savoir où le malfaiteur avait pu dissimuler la rançon afin de la restituer au Comte de Beaudemont. Le chevalier et ses compagnons allèrent prendre le frais dans le jardinet. Seuls les trois jeunes gens restèrent dans la salle commune. François n'en revenait toujours pas de la ressemblance quasi parfaite entre les deux jeunes filles.

— Eh bien François, peux-tu m'expliquer comment tu as réussi à me retrouver ?

Julie venait de poser la question qui lui brûlait les lèvres depuis un bon moment.

— C'est un peu compliqué, mais je vais essayer d'être clair.

Et François lui raconta comment, avec l'aide du Professeur Nollet, il avait pu rejoindre l'an 1789. Bien entendu, il avait été beaucoup plus difficile de localiser Julie, mais de témoignages en récits, il avait fini par remonter la piste d'Alfonso puis suivre ses divers déplacements.

— Heureusement, j'avais eu la bonne idée de me rendre d'abord auprès de nos amis de la Vezouze. Ils m'ont été d'un grand secours lorsque j'ai dû aller jusqu'en Charentes. Les routes et les chemins ne sont pas sûrs et j'aurais pu, sans leur présence, me faire trucider mille fois. Messire Aubin et ses amis sont vraiment très impressionnants et très efficaces lorsqu 'il s'agit de mettre en déroute une bande de brigands de grand chemin. Si tu avais vu ça ! Et toi Julie ? Que t'est-il donc arrivé ?

Julie hésita. Elle n'avait pas dévoilé l'exacte vérité à Hortense et elle était maintenant très ennuyée, car les explications qu'elle avait fournies allaient voler en éclats.

Hortense, qui avait suivi avec beaucoup d'intérêt les propos de François ouvrait de grands yeux étonnés.

— Oui, c'est juste Hortense. Je ne t'ai pas tout dit. Les choses sont un peu plus compliquées, mais je ne voulais pas en rajouter, la situation étant déjà très embrouillée. Comme tu as dû le comprendre, François est mon cousin et il vient du futur.

— Du futur ? Je ne comprends pas.

— C'est pour cela que je ne voulais pas t'ennuyer. Je ne suis pas de ton époque et François est venu me chercher. C'est Alfonso, enfin Alfan, qui m'a enlevée et amenée ici.

— Il t'a choisie parce que tu me ressembles, c'est bien ça ?

— Oui. Il pouvait ainsi mettre en place son plan machiavélique et demander une rançon à ton père.

Finalement, Julie se dit qu'elle avait eu tort de se faire du souci. Hortense avait l'air de très bien admettre cette possibilité de voyager dans le temps.

— Maintenant qu'Alfonso est hors d'état de nuire, nous allons te ramener chez toi avant que...

— Avant que ?

— La situation dans les Provinces est explosive. Il va sans doute s'y dérouler des événements semblables à ceux que tu as pu voir aujourd'hui à la Bastille. Ton père n'est donc pas en sécurité, toi non plus d'ailleurs.

— Que proposes-tu alors ?

— Je pense qu'il serait bien que toi et ton père quittiez le pays, pour un certain temps. Tu sais, la noblesse va être prochainement la cible des révolutionnaires.

— Quitter le pays ? Mon père n'acceptera jamais. Il est bien trop attaché à sa terre, et ce, depuis des générations.

— Je n'en doute pas, mais il n'a malheureusement pas le choix. Beaucoup de nobles devront s'y résoudre. Ce n'est que temporaire, tu peux me faire confiance.

Hortense acquiesça. Elle connaissait la valeur de la parole donnée et Julie avait démontré, à plusieurs reprises, qu'elle tenait ses promesses et allait jusqu'au bout de ses projets.

A cet instant, le bruit d'une discussion assez vive leur parvint. Dans le jardin, deux groupes parlementaient avec véhémence. Garou et ses hommes, qui étaient de retour, échangeaient avec les compagnons de Messire Aubin. L'étonnement se lisait sur le visage des arrivants, la barrière de la langue ne facilitant pas les choses. Soudainement, chacun tira son épée ou son fleuret. François et Julie se précipitèrent à l'extérieur.

— Arrêtez ! cria julie en français puis en allemand. Arrêtez ! Elle se lança dans une rapide explication à l'intention de Garou. La tension retomba, chacun rengaina son arme et des sourires apparurent. On venait d'éviter un drame.

— J'ai cru un instant que de nouveaux scélérats vous voulaient du mal, expliqua Garou, mais je vois que c'est tout le contraire. À la bonne heure !

— Qu'en est-il des manifestations, Garou ? demanda Julie.

— La Bastille est tombée. Le gouverneur Launay a été décapité et sa tête est promenée dans les rues, fichée au sommet d'une pique.

— Et les troupes ?

— Le Roi vient de leur donner l'ordre de se retirer. C'est une sage décision de sa part qui va ramener le calme, du moins l'espérons-nous.

En effet, le brouhaha continu s'était éteint, des gens parcouraient la rue en chantant et en esquissant des pas de danse. Aujourd'hui, 14 juillet 1789, la Monarchie venait de céder du terrain.

20

Finalement, il fut décidé d'attendre le lendemain pour mettre à exécution le plan prévu. Aubin et ses amis raccompagneraient Hortense chez son père le Comte de Beaudemont. François et Julie seraient du voyage bien entendu. Garou resterait dans la capitale car l'on pouvait très certainement avoir besoin de lui et de ses hommes dans les jours à venir. Quant à Alfonso, son sort serait réglé avant le départ, François se ferait un plaisir de l'expédier à Tautavel pour y rejoindre les hommes de cette époque. La « surprise » qu'il avait évoquée était une trouvaille et une manipulation réalisée par le Professeur Nollet. Alfonso serait expédié sans espoir de retour. Un aller simple pour le paléolithique.

La matière violette utilisée serait automatiquement désactivée et sa mémoire effacée de façon définitive.

Au petit matin, alors que les premiers rayons du soleil effleuraient les toitures des maisons de la capitale qui avait retrouvé son calme, l'un des compagnons de Messire Aubin remonta de la cave en poussant des jurons que Julie, cette fois, ne put traduire.

Ensuite, lorsque le chevalier eut retrouvé son sang-froid et entrepris de donner des explications, la jeune fille commença à traduire ses propos.

— Alfonso ! Alfonso, il a disparu avec ses complices !

— Comment est-ce possible ? demanda Messire Aubin.

— Cette cave possédait un accès que nous n'avions pas repéré. Une espèce de boyau masqué par des pierres non scellées.

— Bah ! Qu'il aille se faire pendre ailleurs, répliqua un autre chevalier.

Julie gagna la pièce dans laquelle les hommes discutaient et se sentit obligée d'intervenir.

— Je ne suis pas sûre que ce soit une bonne idée, messieurs les chevaliers. Alfonso serait bien capable de nous causer d'autres ennuis et je ne serai réellement tranquille que lorsqu'il sera en un lieu d'où il ne pourra revenir.

Hortense était également apparue, puis Garou et enfin François.

— Cet homme est dangereux, commenta la jeune fille. Il pourrait bien s'en prendre à mon père par vengeance, je ne suis pas rassurée non plus.

Garou avait appelé deux de ses compagnons et ils s'élancèrent vers la rue à la recherche d'éventuels témoins. Si Alfonso s'était échappé depuis un long moment déjà, il serait difficile voire impossible de le retrouver. Il pouvait se fondre dans la capitale ou disparaître dans n'importe laquelle des régions. Julie et François savaient aussi que le malfaiteur pouvait se transporter à l'époque de son choix afin de se faire oublier et réapparaître au moment voulu.

François et Julie étaient consternés. Bien sûr, Hortense était sauve, elle reverrait son père sous peu et tous deux pourraient fuir vers la Suisse ou l'Angleterre. Bien entendu, eux-mêmes pourraient regagner leur époque et Julie serait enfin tirée d'un mauvais pas, mais la perspective de savoir Alfonso dans la nature ne les enchantait pas du tout et venait mettre une ombre à ce tableau pourtant si plaisant.

Garou revint rapidement, seul.

— Pas de témoins si ce n'est un vieillard qui avait élu domicile dans l'encoignure d'un porche et qui dit avoir vu trois hommes, peu avant le lever du jour, se faufiler vers les rives de la Seine.

— Ce sont nos hommes, certainement, répondit François.

— Probablement. Aussi, Philippe et Robert ont-ils pris cette direction. Ils vont interroger les ouvriers de la grève si toutefois ils étaient présents durant cette nuit. Et avec les derniers événements, rien n'est moins sûr.

— C'est vraiment notre seul espoir, murmura Julie, comme si elle n'y croyait plus vraiment. Nous aurons bien de la chance si nous arrivons à lui remettre la main dessus. D'autant qu'il va nous falloir quitter Paris au plus vite.

Le silence retomba. Il n'y avait plus grand chose à ajouter. Messire Aubin avait gagné la cave pour inspecter la façon dont les prisonniers s'étaient évadés et dut convenir que ceux-ci avaient bénéficié d'une chance extraordinaire. Sous les pierres descellées, le boyau, assez large pour laisser passer un homme de forte corpulence, montait en pente douce et débouchait dans le jardin, à quelques pas de la grille d'accès. Cela avait donc été un jeu d'enfant que de quitter les lieux sans être inquiété.

Un autre compagnon de Garou était allé quérir des informations sur la situation. Les événements se précipitaient. Louis XVI avait demandé à ses troupes d'évacuer la ville et de se retirer en dehors de la zone urbaine proprement dite. Bailly, le Président du groupe des députés du Tiers-État avait été proclamé Maire de Paris. Un nouveau groupe allait donc gérer les affaires de la capitale, dépossédant ainsi le roi d'une partie de son pouvoir et de ses prérogatives.

— Je reviens de l'Hôtel de Ville, déclara le nouveau venu. Les révolutionnaires viennent de créer un nouveau corps de soldats, les Gardes Nationales. Les volontaires se présentent par centaines. Et il semblerait que sortir de Paris soit momentanément impossible.

— Mais alors, comment allons-nous faire ? demanda Hortense, soudainement inquiète.

— Rassure-toi, lui dit Garou, je vais aller voir si je peux faire quelque chose.

Julie constata avec plaisir et étonnement que le rebelle qui, il y a peu encore, prévoyait d'enlever la jeune fille, était prêt maintenant à l'aider pour lui permettre de rejoindre son père. Sans doute le géant roux avait-il compris que, dans la complexité de la situation politique et l'imbroglio des événements, la plupart des nobles n'étaient pas nécessairement des coupables ou des responsables qu'il fallait châtier à tout prix.

Julie expliqua rapidement à Messire Aubin qu'il faudrait sans doute patienter un peu avant de quitter la ville. Il restait juste à espérer que la situation se débloque rapidement car elle savait que les exactions dans les Provinces n'allaient pas tarder à commencer. Le Comte de Beaudemont était peut-être déjà en danger !

La matinée était avancée et la rue s'était à nouveau animée. Mais l'ambiance générale était beaucoup plus sereine, les habitants affichaient de larges sourires et discutaient par groupes.

— Le Roi va venir, entendait-on à chaque coin de rue.

— Oui, La Fayette et Bailly l'attendent pour lui remettre la cocarde tricolore.

— C'est une bonne nouvelle ! Le Roi accepte donc les nouvelles décisions. Je savais bien que ce Roi était bon et se souciait de nous.

Que l'Histoire était donc curieuse ! Le Roi conservait la faveur des Français. Il restait malgré tout le guide incontesté que chacun continuerait à suivre. Rien pour l'instant ne laissait présager des terribles années qui allaient venir. François et Julie en étaient pensifs. Pourquoi les choses ne s'étaient-elles pas déroulées plus sereinement ? Pourquoi la violence et la terreur allaient-elles déferler sur le pays avec son lot d'innombrables victimes bien souvent innocentes ? Était-ce uniquement dû aux excès de quelques personnages tels que Marat, Robespierre ou Danton ? Aujourd'hui encore, la question n'était pas tranchée...

Les compagnons de Garou revinrent alors que leur chef venait de partir pour l'Hôtel de Ville. Messire Aubin et ses chevaliers découpaient, à l'aide de leurs coutelas, d'épaisses tranches d'un jambon apparu comme par enchantement. Les événements ne leur avaient pas coupé l'appétit.

— Pas de trace d'Alfan, déclara l'un des arrivants. Le retrouver maintenant sera quasiment impossible.

— Par contre, poursuivit son ami, nous avons retrouvé Jehan et Bertrand, tous deux occis d'un coup de poignard. Leurs corps gisaient le long de la grève.

— Alfonso s'en sera débarrassé, cela ne fait aucun doute, commenta Julie. Je reconnais là ses méthodes expéditives.

— Cependant notre homme n'a probablement pas quitté la ville, les bateaux sont amarrés et la navigation est interdite pour l'instant. Les Gardes Nationales veillent au grain.

— Les Gardes Nationales ? demanda Julie.

— Oui, ils sont à pied d'œuvre. La Fayette en a déjà fait recruter plus de vingt mille.

— Si j'étais Alfonso, reprit Julie, pour me fondre dans la masse et me faire oublier, je m'enrôlerais sans tarder. Qu'en pensez-vous ?

— C'est une possibilité. Alors, nous avons peut-être une chance de le retrouver.

Les deux hommes repartirent donc aussitôt pour exploiter cette piste. Ils parleraient à Garou qui, grâce à ses connaissances parmi les députés, pourrait tenter de vérifier si cette hypothèse était juste.

Le reste de la journée se passa dans l'attente de nouvelles. François avait expliqué en détail les découvertes réalisées par le Professeur Nollet. Julie fit aussi plus ample connaissance avec Hortense qui lui conta sa vie au château de Beaudemont. Curieusement, Julie avait l'impression de connaître la jeune fille, de ne pas être en présence de quelqu'un de totalement étranger.

— La vie était pourtant si paisible au château, lui expliqua Hortense. Nous vivions tous dans une telle insouciance.

— Mais les paysans étaient-ils heureux ? demanda Julie. La vie n'était-elle pas trop difficile pour eux ?

— Mon père a toujours été bon avec eux. Les paysans du domaine n'ont guère à se plaindre. Mon père leur demandait très peu, se passant même de certaines taxes qu'il ne voulait pas prélever. Ce sont les prévôts du Roi et les fermiers généraux qui ont saigné la région. Avec les mauvaises récoltes de l'année passée et le terrible hiver que nous avons subi, le mécontentement est monté d'un cran. Mais je sais qu'il n'est en aucun cas dirigé contre mon père qui déplore cette situation.

— Il a pourtant essayé de piéger les rebelles.

— Je sais, mais sa fonction l'y oblige. Ce n'est pas toujours facile.

— J'espère sincèrement que tu pourras le retrouver très bientôt et que vous pourrez gagner un endroit plus sûr.

— Mais je peux t'assurer que les paysans...

— Non, non Hortense. Il te faudra quitter les lieux. Les paysans eux-mêmes seront sans doute rapidement débordés par les événements et commettront des actes imprévisibles. Tu peux me croire.

Hortense regarda Julie intensément dans le bleu si clair de ses yeux. Ce qu'elle y lut lui inspira une confiance totale dans les conseils de la jeune fille. Elle lui sourit et hocha la tête en signe d'approbation.

21

Garou ayant rapporté, en fin de journée, de bonnes nouvelles concernant le moyen de sortir de la capitale, le départ eut lieu le lendemain matin. Chacun fut vite préparé, Hortense étant la première à avoir rassemblé ses maigres affaires. Elle était tellement impatiente de s'éloigner de Paris et de retrouver son cher pays des Charentes ! Concernant Alfonso, il n'y avait rien de neuf. Garou avait pourtant réussi à rencontrer la plupart des agents recruteurs mais aucun garde ne répondait au nom d'Alfonso ou d'Alfan.

— Il fallait s'y attendre, dit Julie. Alfonso a dû s'enrôler sous un faux nom.

— Il a peut-être aussi décidé de quitter les lieux, enfin cette époque, devrais-je dire, continua François. Dans ce cas, ce n'est plus la peine de faire des recherches.

Julie n'était pas totalement convaincue par cette hypothèse. Alfonso était un être qui acceptait difficilement de perdre. Le sentiment de vengeance risquait fort de l'emporter et ainsi l'inciter à rester ici, du moins pour le moment.

Ils se mirent en marche pour la Porte de l'Hôpital, traversèrent le Jardin des Plantes et longèrent la Bièvre. Garou avait un laisser-passer établi par la nouvelle municipalité. Les diverses troupes de Gardes Nationales qu'ils rencontrèrent ne leur firent donc aucune difficulté même si l'accoutrement de Messire Aubin et de ses compagnons en étonna plus d'un.

Les Chevaliers de la Vezouze avaient laissé leurs destriers à quelques pas de la Porte de l'Hôpital. Un relais leur servait de refuge et ceux-ci avaient été bien traités durant l'absence des cavaliers. Lorsque les montures furent prêtes, Garou et les deux compagnons qui l'accompagnaient firent leurs adieux.

— Merci encore Julie, dit le géant, soudain ému au moment de cette séparation. Sans toi, nous aurions donné tête baissée dans un piège.

Dieu sait alors ce qu'il se serait passé. Quant à toi Hortense, j'espère que tu ne m'en veux pas pour ce projet d'enlèvement. Mais sache qu'en aucun cas, il ne t'aurait été fait de mal. C'était une action uniquement dissuasive.

Les deux fillettes se trouvaient face à lui. Aucune animosité ne se lisait sur leurs visages. Elles comprenaient que les événements pouvaient conduire à des situations de ce genre et n'en voulaient pas au chef des rebelles.

— Sans rancune, Garou, répondit Hortense. Tu défends une cause avec courage et honnêteté. C'est ce fourbe d'Alfan qui est responsable de bien des choses. J'espère que tes convictions te permettront d'aboutir mais je souhaite vraiment que tout ceci se déroule sans violence.

— Merci pour ces paroles, Hortense. Elles sont pour moi un merveilleux cadeau. Je te souhaite de retrouver ton père très bientôt.

Garou s'inclina comme pour faire une sorte de révérence d'adieu. Les deux fillettes en profitèrent pour le saisir par le col de sa veste et lui appliquèrent chacune un baiser sur les joues. Les compagnons éclatèrent de rire tandis que le géant avait l'œil humide. Il posa délicatement chacune de ses larges mains sur la tête des jeunes filles, puis, tournant les talons, enfourcha sa monture et reprit le chemin de la ville.

Ce n'est que lorsqu'il eut disparu, avec ses amis, sous la monumentale arche de pierre, que Messire Aubin intima l'ordre de se remettre en marche.

Ce sont François et Julie qui proposèrent la route à suivre. Bien que le Roi ait demandé à ses troupes de ne pas intervenir, il valait mieux éviter Fontainebleau et Versailles. Montargis fut également laissée de côté car la ville était un lieu de concentration militaire avéré.

Curieusement, la campagne était relativement calme. Dans les villages qu'ils traversèrent, ils ne constatèrent pas de mouvement de foule ou d'agitation particulière. Comme si, après la journée du 14 juillet, la tension était retombée d'un coup, plongeant le pays dans une sorte de torpeur latente. La venue du Roi à Paris, prévue pour le lendemain, y était sans doute pour quelque chose. Son déplacement allait calmer les esprits et redonner confiance au peuple.

Durant cette première journée, ils croisèrent des émissaires de l'Assemblée Nationale porteurs de messages ou de directives à l'intention des garnisons, des Fermiers Généraux et des nobles des Provinces. Des Comités commençaient à se former dans les bourgades, reprenant les orientations de la nouvelle Assemblée. Comme après une forte marée qui aurait bousculé l'ordre en place, la mer s'était retirée pour une période étale qui semblait ne plus finir.

Mais Julie et François savaient qu'il n'en était rien. Avant peu, la violence allait gagner les campagnes et les pires actes seraient commis, dans l'inconscience la plus totale, l'aveuglement sans bornes et la haine sans limites.

Au soir de cette première journée, ils avaient parcouru un peu plus de quarante lieues* et se trouvaient au sud de Montargis, près de la ville de Lorris. Ils avisèrent un relais-auberge à l'écart du bourg et décidèrent d'y faire halte pour la nuit. Une dizaine de chevaux, bruns pour la plupart, étaient attachés le long de la bâtisse, retenus à une rambarde de bois par leurs longes de cuir.

— Il semblerait que l'endroit soit déjà occupé, constata François.

** 160 km*

— Tous ces chevaux sont équipés de la même manière, remarqua Julie. Ce sont des soldats ou bien encore des émissaires de l'Assemblée.

— Ceci n'a pas tellement d'importance, compléta François. Le laisser-passer que nous a remis Garou est un gage de tranquillité.

Les chevaux furent attachés à l'aide de leurs longes et Messire Aubin fit comprendre qu'il était temps de se restaurer. Le jambon du matin n'était déjà plus qu'un lointain souvenir.

À l'intérieur, deux tables, disposées dans l'angle d'une salle assez sombre, étaient occupées par six Gardes Nationales. Ils portaient une veste bleu foncé et arboraient sur leurs chapeaux bicornes, la nouvelle cocarde tricolore.

Ils étaient attablés devant des pichets de vin et des gobelets de bois et discutaient à voix basse. Ils levèrent à peine la tête lorsque le groupe fit son entrée. L'aubergiste, un homme ventru au crâne fortement dégarni, accueillit les visiteurs avec un large sourire.

— Bienvenue ! Messires et damoiselles, vous souhaitez vous restaurer ? Vous voulez vous reposer pour la nuit ? Installez-vous, Renardier va s'occuper de tout.

Messire Aubin s'inclina légèrement même s'il n'avait pas saisi avec précision les paroles du tenancier.

— Installons-nous, lui dit Julie. Nous allons manger et l'aubergiste nous procurera des chambres.

Ils s'assirent à une longue table rectangulaire. Messire Aubin et ses chevaliers, pour s'asseoir avec aisance, durent se défaire de leurs longues épées qu'ils posèrent en bout de table. Cela ne manqua pas d'impressionner le dénommé Renardier qui regarda les armes d'un œil inquiet.

François observait les gardes. Il crut déceler chez ceux-ci des coups d'oeil inquisiteurs dans sa direction. Les hommes parlaient encore plus bas comme s'ils souhaitaient ne pas être entendus.

— Ces gars me semblent bizarres, finit-il par dire à Julie et à Hortense. Ils ne m'inspirent pas confiance.

— Qu'est-ce qui t'inquiète donc ? demanda Julie.

— Je ne sais pas. Une impression. Mais je me fais sans doute des idées.

— Ils ne sont que six, intervint Hortense, inquiète.

— Oui, et alors ?

— Il y avait dix chevaux à l'extérieur. Cela est curieux, ne trouvez-vous pas ?

— Pourquoi donc ? Les autres se reposent peut-être de leur voyage.

— Allons, conclut Julie. Cessons de voir les choses en noir et commandons à manger. Je commence à avoir sérieusement faim. Et vous Messire Aubin ?

— Je crois qu'un plat de cochonnailles nous conviendrait parfaitement. La route est encore longue, il nous faut prendre des forces. Ensuite, nous nous occuperons des chevaux.

L'aubergiste s'était approché, le sourire aux lèvres. Il posa sa large main sur le plat de la table et sans que rien ne le laisse prévoir, d'un large mouvement du bras, il balaya les épées qui chutèrent au sol avec fracas. Dans le même temps, quatre silhouettes avaient surgi d'une encoignure toute proche et les six gardes attablés avaient bondi comme un seul homme. Ils tenaient chacun en main un fleuret effilé dont ils menaçaient les chevaliers désarmés. Au centre du groupe de ces agresseurs, un homme se détacha, relevant le bord de son chapeau et l'inclinant en arrière. Personne n'eut de difficulté à reconnaître Alfonso dont le rire puissant et lugubre résonna dans la salle tel une menace imminente.

22

Le premier réflexe des chevaliers fut de se lever promptement de table, présentant leurs impressionnantes carrures aux épées qui les menaçaient.

L'aubergiste s'était reculé et avait rejoint le comptoir. L'un des gardes lui lança une bourse bien remplie et un sourire illumina son visage. Que ne ferait-on pas pour de l'argent !

Messire Aubin, qui bouillait intérieurement, fit comprendre à ses compagnons qu'il valait mieux, pour le moment du moins, se plier aux ordres. L'un des gardes contourna la table et délesta les chevaliers des poignards qu'ils portaient à la ceinture.

— Allons, ne faites pas d'histoire, reprit Alfonso. Tout se passera en douceur.

— Vous ne changerez donc jamais, s'insurgea Julie. Il n'y a vraiment aucun espoir. Je me doutais bien que vous prépariez un nouveau mauvais coup.

— Je n'aime pas beaucoup que l'on me mette des bâtons dans les roues. Cela fait plusieurs fois que vous vous ingéniez à me causer des ennuis et à déjouer mes plans. Je vais donc, une fois pour toutes, mettre un terme à ces désagréments.

Cela ne disait rien qui vaille. Julie, Hortense et François étaient inquiets. Messire Aubin observait la scène, guettant la première opportunité qui s'offrirait à lui pour mettre les agresseurs hors d'état de nuire.

La salle possédait une issue qui donnait sur l'arrière du bâtiment. L'aubergiste ouvrit la porte et Alfonso fit signe aux prisonniers de sortir.

— Nous serons tranquilles ici, ni vu ni connu.

— Que comptez-vous faire maintenant, Alfonso ? demanda Hortense, soudain très inquiète.

— Ce qui était prévu, rien de plus. Me débarrasser de toi, de Julie et de son trouble-fête de cousin. Quant à ces chevaliers qui ont voulu se mêler de ce qui ne les regardait pas, ils subiront le même sort. Je pourrai enfin

« voyager » à ma guise, sans risquer de voir mes projets réduits à néant.

Cette fois, ce n'était plus une simple menace. Alfonso avait clairement annoncé la couleur, il allait purement et simplement faire exécuter tous ceux qui le gênaient dans la réalisation de ses objectifs. Julie mit rapidement Messire Aubin au courant de ce qui se préparait. Alfonso, qui ne maîtrisait pas très bien l'allemand, se mit en colère et devint menaçant.

— Pas de ça ! N'essayez pas de préparer un mauvais tour.

Les prisonniers avaient été poussés sur un terrain défriché qui jouxtait l'arrière de l'auberge. La campagne environnante était déserte et d'ailleurs la vue ne portait pas très loin, les prairies avoisinantes étant bordées de haies et de bosquets faisant office d'écran. Les gardes, à l'aide de leurs épées, firent reculer le groupe le long du mur qui devait être celui des écuries. Il semblait bien que le dernier acte de cette aventure allait se jouer sur l'instant.

Messire Aubin imaginait un plan pour échapper à cette situation. Il avait jeté des coups d'œil en direction de ses amis qui avaient hoché la tête. Les chevaliers étaient prêts à bondir, n'attendant qu'un signal de leur chef.

Mais les épées s'étaient rapprochées, les pointes étant à quelques centimètres à peine des visages des prisonniers. Le moindre mouvement de défense eût été fatal. Alfonso sembla soudain intrigué.

— Mais j'y pense, fit-il en s'approchant de François, comment as-tu fait pour me retrouver ? Viens un peu par ici.

François hésita un instant puis avança à pas comptés vers le malfaiteur.

— Vide un peu tes poches ! Et ce sac à dos ? Donne-le moi !

Le sourire d'Alfonso se fit encore plus évocateur. Du sac, il avait sorti une boîte translucide qui contenait une boule de gélatine violette. Un petit sachet plastique y était fixé par un adhésif et contenait un tube de quelques centimètres de long comparable à une sorte de connecteur informatique.

— Qu'est-ce que c'est que ce truc ?

François ne desserra pas les dents.

— Très bien. Tu préfères une autre méthode ?

Le garçon ne répondit pas, se contentant de hausser les épaules.

Alfonso appliqua la pointe de son fleuret à la

base du cou de Julie, imprimant une légère pression. La jeune fille n'osait faire le moindre mouvement. Comment une simple promenade à la recherche d'escargots avait-elle pu la mener à cette situation totalement incroyable ? Elle ferma les yeux. Ses amis étaient venus pour la sauver. Ils avaient pris des risques, elle-même avait traversé quelques épreuves délicates. Tout ne pouvait pas s'arrêter maintenant, ici, sur un simple coup d'épée. Elle entendit Alfonso reposer sa question.

— Alors, vas-tu parler maintenant ?

— C'est un quartz. On peut le programmer à volonté à l'aide des petites molettes qui se trouvent sur le côté. C'est une invention du Professeur Nollet.

— Excellent !

La pression du fleuret se relâcha et Julie prit une profonde inspiration. Elle avait cru sa dernière heure arrivée.

— Voilà une excellente nouvelle. Moi qui cherchais à renouveler ma matière et à améliorer mon système de transfert, me voici servi sur un plateau.

— Ne faites pas ça ! Comment allons-nous rentrer ?

François semblait avoir oublié que le voyage

s'arrêtait là.

Alfonso recula, faisant une fois de plus éclater ce rire qui glaçait le sang.

— Allez-y, ordonna-t-il aux gardes. La comédie a assez duré. Finissons-en une bonne fois pour toutes.

Les chevaliers allaient intervenir. Ils étaient fort capables de risquer leurs vies pour sauver les enfants. Mais leur intervention ne fut pas nécessaire. Un coup de feu, tout proche, claqua dans le silence pesant et l'un des gardes s'écroula, visiblement touché. Trois autres détonations retentirent et trois autres hommes s'affaissèrent, face contre terre. La panique s'était emparée des gardes et les chevaliers profitèrent de cette opportunité pour se lancer dans la bataille. En quelques instants, les agresseurs furent désarmés, maîtrisés, assommés, rendus inoffensifs. Alfonso s'était mis en retrait et, penché sur le connecteur, réglait la molette avec frénésie. Il releva enfin la tête et adressa un sourire au groupe.

— Adieu ! Ou plutôt à bientôt ! Car nous nous reverrons, je vous le promets.

— Ça, ça m'étonnerait, chuchota François, l'œil malicieux.

Un éclair violet illumina l'endroit et Alfonso

disparut dans une volute de vapeur. De derrière la haie toute proche surgirent alors trois hommes armés de pistolets. Julie reconnut des compagnons de Garou. Ce dernier les avait sans doute envoyés à la suite des voyageurs afin de voir si tout se déroulait sans encombre. L'excellente idée qu'il avait eue là !

Tandis que les sauveurs approchaient, Julie se tourna vers son cousin.

— Mais alors ? La gélatine ? Comment allons-nous faire maintenant ?

— Comme prévu. Hortense, tu as toujours ce que je t'ai confié ?

— Bien entendu, répondit-elle en souriant.

Et de dessous sa robe, elle fit apparaître une petite sacoche de cuir qu'elle avait fixée à sa taille par une ceinture.

— Vois-tu, expliqua François, je me doutais bien qu'à un moment ou à un autre, Alfonso se poserait des questions sur ma présence et en viendrait à me fouiller. J'ai donc confié la gélatine à Hortense et ai conservé dans mon sac à dos celle qui lui était destinée. Il a eu beau manipuler le connecteur, cette gélatine était calée sur une période unique et il n'était pas possible de la modifier. Il n'y a pas de retour possible non plus. À l'heure qu'il est,

Alfonso doit s'expliquer avec ses aïeux d'il y a quatre cent cinquante mille années*.

— Très ingénieux ! Mais alors, le coup du fleuret sur la gorge, on aurait pu l'éviter ?

— C'était pour faire plus crédible. Il fallait vraiment qu'Alfonso ait l'impression de m'extorquer l'information. Je suis vraiment désolé.

Julie se dit qu'elle lui revaudrait ce coup-là. Bien qu'au fond d'elle-même elle se dit qu'il n'y avait sans doute pas eu d'autre moyen et que François avait eu là un coup de génie. Messire Aubin, ses chevaliers et les compagnons de Garou tentaient de se comprendre mutuellement, et comme la langue semblait être un obstacle majeur, de grandes tapes dans le dos suffirent à exprimer la joie qu'ils avaient de se retrouver.

Puis Messire Aubin se tourna vers l'auberge, et avisant le tenancier qui passait la tête par une fenêtre, se dirigea à grands pas vers la bâtisse, les poings serrés.

Renardier allait passer un mauvais quart d'heure.

* *époque de l'homme de Tautavel*

23

Cet épisode, après avoir inquiété les enfants, leur avait ouvert l'appétit. Après la tension qu'ils venaient de subir, leurs nerfs s'étaient subitement relâchés et c'est avec une plus grande sérénité qu'ils s'installèrent devant un bon plat de charcuterie.

L'aubergiste, après avoir subi les foudres de Messire Aubin, avait repris sa place aux fourneaux. Les gardes tués avaient été rapidement ensevelis derrière l'auberge, les rescapés avaient été renvoyés sur la route, sans arme et sans cheval. On n'avait plus grand chose à craindre d'eux. Les trois compagnons de Garou avaient indiqué qu'ils resteraient avec le groupe jusqu'au bout du voyage. Cependant tout danger en provenance d'Alfonso était désormais écarté. Le malfaiteur avait probablement d'autres affaires à régler et devait maudire François pour le mauvais tour qu'il lui avait joué.

C'est donc après un bon repas et une bonne nuit réparatrice que le groupe se remit en marche. Il fallait compter peut-être encore deux bonnes journées, peut-être trois, avant d'arriver à destination.

Et c'est ainsi qu'au soir du 19 juillet, la petite troupe franchit le portail du château de Beaudemont. Lorsque le gravier de l'allée crissa sous les sabots des chevaux, les quatre gardes de faction accoururent, la main sur le pommeau de leur épée. Constance la gouvernante était apparue sur le perron, levant les bras au ciel et poussant des cris qui résonnaient dans le hall.

— Monsieur le Comte ! Monsieur le Comte !
Les cinq chevaliers de la Vezouze avaient encerclé les gardes qui bien vite comprirent qu'ils n'étaient pas de taille à lutter contre ces cavaliers impressionnants.

Les trois compagnons de Garou accompagnèrent les jeunes gens au devant du Comte qui s'était précipité en haut de l'escalier.

— Que... ?

— Père ! cria Hortense, sautant au bas de

son cheval et se précipitant au devant de son père. Elle se jeta dans ses bras et celui-ci l'étreignit un long moment avant de retrouver ses esprits.

Il faut dire que la situation était pour le moins étonnante. Hortense ramenée par ceux-là même qui avaient projeté de l'enlever et accompagnée par cette jeune demoiselle qui lui ressemblait comme une sœur jumelle ! Cela méritait quelques explications. Et ces chevaliers tout droit sortis d'un conte médiéval !

Les cavaliers mirent tous pied à terre et le Comte intima à ses gardes de ne pas considérer ces nouveaux venus comme des ennemis. Constance, interloquée et se demandant si elle ne rêvait pas, ne savait que faire. Le Comte la tira de sa torpeur.

— Constance, prépare un pichet de notre meilleur vin. Nous allons dans le petit salon, je crois que nous avons à parler.

Charles Henri Pierre de Beaudemont s'était rapidement remis de son étonnement. Bien entendu, la joie d'avoir retrouvé sa fille se lisait sur son visage, mais la présence des rebelles et de ces curieux chevaliers suscitait en lui bien des questions.

Pierre, l'un des hommes de Garou, acquiesça

et approuva cette initiative.

Le groupe se retrouva donc dans le petit salon, pièce très sobrement meublée et qui servait d'ordinaire pour l'accueil des visiteurs. Constance apporta des sièges supplémentaires ainsi que deux carafes d'un vin rubis qu'elle déposa sur une petite table basse recouverte de carreaux de céramique espagnole.

Chacun, hormis les enfants, ayant goûté le succulent vin, le silence s'installa. À vrai dire, on ne savait pas par quel bout commencer le récit. Ce fut Julie qui ouvrit donc la discussion.

— Monsieur le Comte, voici une affaire qui se termine plutôt bien. Il faut pour cela remercier ces chevaliers, mon cousin François et les compagnons de sieur Garou. À eux tous, ils ont pu déjouer les plans d'Alfan qui vous a si bien caché son jeu et qui n'était qu'un imposteur uniquement intéressé par l'appât du gain.

François était admiratif. En quelques mots, sa cousine avait parfaitement bien résumé les événements.

— Excusez-moi, Monsieur le Comte, mais je dois traduire mes propos en langue allemande car nos amis chevaliers ne manipulent pas très bien la nôtre.

Et Julie se mit en devoir de faire une traduction aussi fidèle que possible de ce qu'elle venait d'expliquer.

— Merci, Mademoiselle...

— Julie, je me nomme Julie.

— Merci pour ce récit et pour le dévouement de chacun d'entre vous. Mais je suis très étonné que ces mêmes hommes qui avaient projeté d'enlever ma fille Hortense me la ramène aujourd'hui.

— Je pense que ces hommes n'ont jamais eu vraiment l'intention de lui faire le moindre mal. Par contre, Monsieur le Comte, vous n'avez pas hésité l'ombre d'une seconde lorsqu'il fallut me faire prendre sa place et me faire encourir tous les risques.

— Vous avez raison et je m'en excuse sincèrement. Dans le feu de l'action, craignant pour Hortense, lorsqu'Alfan me proposa cette alternative, je n'hésitai pas un instant. Je le regrette aujourd'hui.

Julie voyait bien que le Comte était sincère. Aussi n'insista-t-elle pas dans cette voie. L'important était que chacun s'en tire sans dommage et que le fauteur de troubles soit puni pour de bon. Il lui fallait maintenant aborder le délicat problème de la situation politique et du départ vers un pays étranger. Pour cela, elle comptait sur les hommes de Garou et sur Hortense, bien évidemment.

— Mais... ces hommes ? demanda le Comte, en désignant Messire Aubin et ses amis. Et ce garçon ?

— C'est un peu compliqué. François est mon cousin et ces chevaliers sont des amis qui n'ont pas hésité à nous venir en aide. La réponse suffisait-elle ? Probablement pas, mais l'important était qu'Hortense soit tirée d'affaire et doive sa libération à ces courageux cavaliers. Finalement, peu importait d'où ils venaient.

— Père, intervint alors Hortense. Il faut que je vous parle de quelque chose.

— Oui Hortense, que veux-tu donc me dire de si important ?

— Nous ne pouvons rester ici plus longtemps. Nous sommes probablement en danger.

— Comment cela ? demanda le Comte, l'air soucieux, le front plissé.

Il reposa le verre qu'il tenait en main.

— Hortense veut dire que les troubles vont rapidement gagner les Provinces, intervint Pierre. Vous ne serez pas en sécurité ici très longtemps.

— Le Roi a pourtant accepté de porter la

cocarde tricolore. Tout devrait maintenant rentrer dans l'ordre. Et puis le régiment que je commande saura assurer la sécurité des lieux.

— Rien n'est moins sûr, reprit Pierre. Ces soldats risquent fort de ne plus vous obéir avant longtemps. La Fayette va sans doute bientôt prendre le commandement de l'armée.

On entendit alors dans la cour, le bruit caractéristique d'un cheval. L'instant d'après, Gontrand, le palefrenier que Julie avait aperçu lors de sa première venue au château, entra en trombe dans le petit salon, l'air grave.

— Monsieur le Comte, Monsieur le Comte. Je reviens de Ferrière où l'agitation est grande. La population est inquiète et les paysans sont en colère. Des rumeurs courent de village en village.

— Que disent donc ces rumeurs ?

— Que les nobles, alliés aux soldats, se vengent et s'en prennent aux fermes et aux cultures.

— Mais ce n'est pas la réalité ! s'indigna le Comte.

— Je suis bien d'accord avec vous, mais par réaction, les paysans, armés de faux et de piques, investissent les demeures des nobles et les châteaux. Ils pillent et brûlent tout !

— Ce n'est pas possible, dit encore le Comte. Les paysans me connaissent, ils savent bien que je ne leur veux aucun mal, bien au contraire.

— J'ai bien peur que pour l'heure ils ne connaissent plus personne. D'ailleurs j'ai aussi entendu dire que le Prince de Condé et le Comte d'Artois avaient quitté la France hier au soir.

— Vous voyez, Père, reprit Hortense. C'est un signe qui ne trompe pas. Nous devrions suivre cet exemple.

— Hortense a raison, ajouta Julie. Il ne vous reste que très peu de temps. La folie collective va rendre aveugle tous ceux que vous connaissiez. Fuyez, fuyez vite !

Le Comte sembla réfléchir un moment, regarda tour à tour sa fille, Julie, puis les compagnons de Garou. Il regarda aussi Gontrand qui, d'un hochement de tête, lui fit comprendre que cette solution était la plus sage.

— Très bien, finit-il par dire. Gontrand, prépare la voiture et les malles. Constance, rassemble les affaires. Je vais de mon côté m'occuper des documents importants.

— Où allons-nous Père ?

— En Angleterre. J'y ai quelques bons amis qui nous accueilleront sans problème.

Le Comte avait pris sa décision. Il l'avait fait de manière calme et réfléchie, sans ciller un seul instant. De toute évidence, la priorité était que sa fille Hortense soit mise à l'abri. Les biens matériels passaient au second plan. Le Comte disposait d'une petite fortune qu'il allait emporter avec lui. Cela assurerait son installation en Angleterre ainsi que l'éducation de sa fille. On se mit donc à se préparer, une nouvelle séance d'adieux se profilait.

Les compagnons de Garou rejoindraient Ferrière, Julie et François se dirigeraient vers l'est avant de procéder au « transfert ». Les chevaliers, bien entendu, les accompagneraient pendant cette traversée du pays.

Julie rejoignit Hortense qui, dans sa petite chambre donnant sur un magnifique parc arboré, préparait quelques affaires. Elle enfilait une robe de fin tissu beige lorsque Julie pénétra dans la pièce. Cette dernière eut tout juste le temps d'apercevoir, sur l'épaule gauche de la jeune fille, deux grains de beauté alignés dans le sens de la clavicule. L'un faisait environ la moitié de la taille de l'autre. Julie resta interdite un instant. Cette fois le doute était quasiment levé. Hortense était probablement son aïeule. Elle y avait déjà songé, car bien souvent, dans les familles, certains membres peuvent arriver, à plusieurs générations de distance, à se ressembler de façon très prononcée. Ici, c'était très certainement le cas et la présence de ces deux marques, que Julie possédait au même endroit, venait confirmer cette hypothèse. Elle allait se confier à Hortense lorsque François se présenta à son tour.

— Ah, Julie, je te cherchais. Nous devons y aller, enfin, tout le monde doit y aller. Nous nous retrouvons dans le hall dans un instant.

— Très bien.

— J'arrive, répondit Hortense, j'ai terminé.

Julie s'approcha et prit les mains de la jeune fille dans les siennes, la regarda intensément dans les yeux.

— Je te souhaite un bon voyage Hortense.

— Moi aussi. J'aurais aimé que l'on ait un peu plus de temps, mais les choses sont ainsi.

— Ne t'inquiète pas, je crois que je ne risque pas de t'oublier. Et puis, je suis sûre d'une chose : je sais que tu t'en sortiras.

Elles s'étreignirent un instant, quelques larmes venant à couler sur leurs joues.

En bas de l'escalier, François les appela à

nouveau.

— Alors les filles ? Avez-vous fini de papoter ?

— Papoter... ? demanda Hortense.

24

Les compagnons de Garou quittèrent rapidement les lieux. Ils avaient décidé d'aller à Ferrière afin de se rendre compte de la tension qui y régnait. Peut-être, en tant qu'amis et compagnons de Garou – qui était très estimé dans la région – arriveraient-ils à désamorcer cette violence qui tendait à prendre une certaine ampleur. Si les demeures des nobles et les châteaux étaient visés, ils essaieraient de préserver celui du Comte.

Les chevaliers s'étaient préparés pour le voyage qui devait les conduire en Lorraine et Gontrand avait chargé les malles sur la voiture. Le palefrenier s'était installé à la place du cocher, Constance était montée dans le carrosse, suivie par Hortense. Le Comte préférait voyager à cheval, aux côtés de ses gardes.

Les enfants se firent leurs adieux.

— Merci encore pour votre aide, sans vous...

— Ne nous remercie pas, Hortense, lui répondit Julie. En fait, ce serait plutôt l'inverse...

Devant le visage de la jeune fille qui reflétait l'incompréhension, Julie poursuivit.

— Je dois te remercier. Sans toi, je ne serais pas venue ici et je ne t'aurais pas rencontrée. En fait, je crois .... que... je ne serais même pas de ce monde.

Hortense réfléchit un instant puis son visage s'éclaira.

— Tu veux dire que...?

— Oui, très certainement. C'est pour cela que je te suis redevable.

— C'est un peu un cercle vicieux, car d'un autre côté, si tu n'avais pas existé, tu n'aurais pu me sauver...

— C'est juste. Et c'est aussi pourquoi je pense que tu t'en sortiras. J'en suis la preuve vivante. J'espère seulement que tout se passera sans trop de difficultés.

Le Comte écoutait d'une oreille distraite et n'avait pas saisi la teneur précise de cet échange.

— Allons, mesdemoiselles, il faut y aller. Je suis désolé, mais le temps presse.

Il jeta un œil triste vers le château, qu'il ne reverrait peut-être jamais. Julie et Hortense s'embrassèrent et le carrosse démarra en douceur. François fit un signe de la main à sa cousine – très – éloignée.

— Nous nous reverrons, lança Julie avant que la voiture n'atteigne le portail. Nous nous reverrons, je trouverai bien un moyen, sois en sûre.

— C'est entendu, je t'attendrai...

La voiture disparut au détour du sentier et Messire Aubin, qui trépignait d'impatience, signifia qu'il était temps de se mettre en route.

EPILOGUE

Des bancs de brume flottaient au-dessus de l'étang, effleurant la surface que venait parfois troubler le saut d'une carpe à la recherche de nourriture.

Julie et François se tenaient debout dans le chemin du Baron, à peine revenus de leur étonnant périple. La traversée de la France n'avait pas présenté de difficultés particulières, mais ils avaient pu observer la tension grandissante qui s'était installée ainsi que les ravages causés par la Grande Peur. Nombre de châteaux avaient été pillés et incendiés, des nobles inutilement tués tandis que d'autres avaient tout juste réussi à s'enfuir à l'étranger. Les Chevaliers de la Vezouze, après l'aide précieuse qu'ils avaient apportée, avaient rejoint leur époque.

Les deux jeunes gens avaient encore peine à croire qu'ils avaient réellement vécu ces événements.

— Une histoire vraiment incroyable, non ? commenta François.

— J'ai moi-même du mal à réaliser, ajouta Julie, en regardant le chemin, puis les haies qui abritaient les escargots.

Elle se retrouvait là où tout avait commencé, mais cette fois-ci, elle le savait, Alfonso n'allait pas surgir sur le sentier.

— En tout cas, je ne suis pas près de l'oublier. Cette prise de la Bastille ! Quelle affaire ! reprit-elle.

— Et ce brigadier Chopin, que vas-tu lui raconter ?

— La vérité. Comme ça, au moins, il me prendra pour une illuminée et me fichera la paix.

— Tu as raison, c'est encore ce qu'il y a de mieux à faire. Ainsi, il n'insistera pas. Sinon, penses-tu retourner « là-bas » et revoir Hortense ?

— Sans doute. Et je vais aussi effectuer une petite vérification de routine.

Et elle sortit de sa poche, emballée dans un

fin mouchoir de lin blanc, une mèche de cheveux blonds qu'Hortense lui avait confiée.

— L'ADN parlera. Mais je suis quasiment sûre du résultat.

— C'est une excellente idée. Tu vas ensuite pouvoir te lancer dans la généalogie. Avec un élément de cette importance, cela va te faciliter la tâche.

Julie consulta sa montre.

— Allez, je dois terminer ma « cueillette ». Tu veux m'aider ?

— Bien sûr. Cela ira plus vite et je pourrai en rapporter à la ferme.

Et ensemble, ils reprirent le ramassage des escargots qui se régalaient des succulentes feuilles de mûriers détrempées par la rosée matinale.

De son côté, Alfonso avait opéré son transfert et, debout au centre d'une clairière bordée de hêtres touffus, il observait les alentours. Une atmosphère lourde régnait. Il perçut le bruissement d'un cours d'eau tandis que des myriades d'oiseaux s'égosillaient dans les feuillages. Il était un peu étonné de cet environnement mais il se décida à faire quelques pas afin d'explorer les lieux.

Il pénétra résolument dans le sous-bois, sur ses gardes, serrant fermement d'une main la crosse du pistolet qu'il avait conservé et posant l'autre sur le pommeau de son fleuret.

Des bruits, sur sa gauche, le mirent en alerte. À coup sûr, on approchait. Plusieurs hommes probablement, repoussant de leurs mains ou à l'aide de bâtons, les hautes fougères qui occupaient le terrain. Il se baissa, cherchant des yeux la source de ces froissements de feuilles.

C'est alors qu'il les vit. Il crut rêver ou être victime d'une hallucination. Un groupe de cinq individus approchait, empruntant un sentier que le premier d'entre eux ouvrait à l'aide d'un long bâton noueux. Les hommes ne mesuraient guère plus d'un mètre soixante, étaient assez sveltes et présentaient une musculature très développée. À la base de leur front plat et fuyant, deux arcades sourcilières proéminentes protégeaient de petits yeux noirs et perçants. Ils avançaient prestement, balançant leurs bras le long de leurs corps.

Le premier hominidé hésita un instant, leva la main gauche et le groupe stoppa aussitôt. Le guide observa alors autour de lui, scrutant la profondeur de la futaie. Ses narines étaient animées de sortes de pulsations frénétiques.

Alfonso s'accroupit et mit sa tête dans ses bras posés sur ses genoux.

— C'est pas possible ! C'est pas possible !

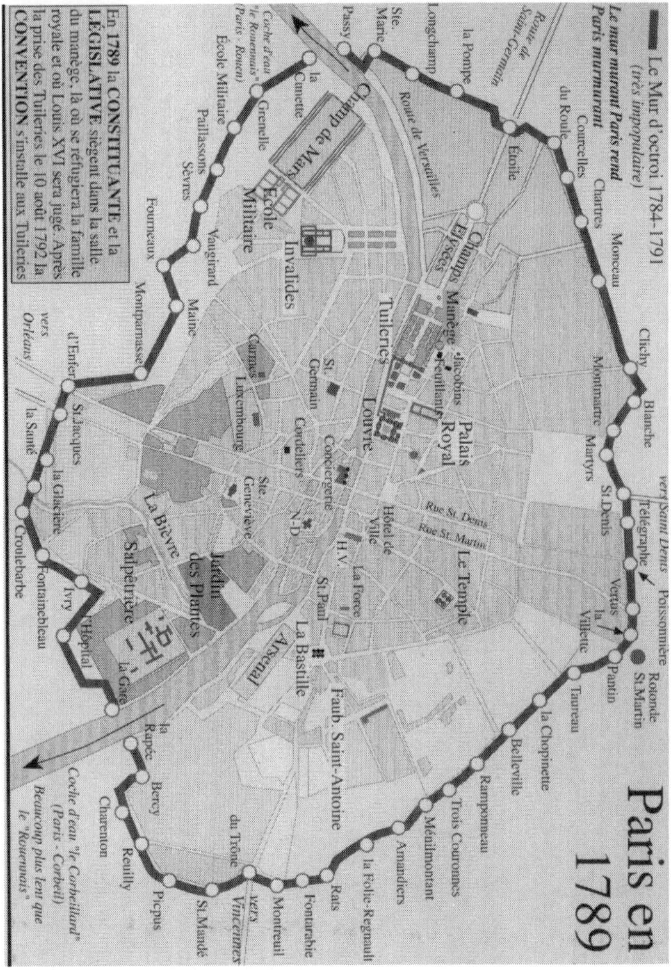

document tableaux synoptiques de l'Histoire

Personnages

Louis XVI : roi de France de 1774 à 1792. Il est le petit-fils de Louis XV.
Est guillotiné le 21 janvier 1793 sur la place de la Révolution à Paris. Les dernières années de son règne sont marquées par la Révolution. Il est accusé de ne pas avoir suffisamment soutenu les réformes, d'avoir manœuvré contre la France et par sa tentative de fuite d'avoir trahi la patrie. Aujourd'hui, les historiens français en général ont une vue nuancée de Louis XVI, considéré comme un honnête homme mû par de bonnes intentions, mais qui n'était pas à la hauteur de la tâche herculéenne qu'aurait représentée une profonde réforme de la monarchie.
Robespierre, Danton, Marat, Condorcet, Camille Desmoulins, Bailly, Mirabeau ne sont que quelques-uns des nombreux et célèbres révolutionnaires qui marquèrent cette période. Tantôt unis, tantôt divisés, jusqu'à se détruire les uns les autres, ils travailleront à la mise en place de la première République le 21

septembre 1792. La royauté est abolie, une Constitution voit le jour, l'assemblée appelée la Convention édicte les lois. De nombreuses réformes se mettront en place. La République s'éteindra le 9 novembre 1799, lorsque Napoléon Bonaparte, jeune général qui s'est distingué contre l'Autriche, par un coup d'état, prend le pouvoir et met en place le Consulat. **La Fayette** (Gilbert du Motier Marquis de La Fayette / 1757-1834), général d'armée sous Louis XVI. Il participe activement à la guerre d'indépendance américaine et se distingue à la bataille de Yorktown. Il fut ensuite le porte-parole de l'aristocratie libérale française et présente en juillet 1789, un projet de Déclaration de l'Homme et du Citoyen. Il deviendra le chef de la Garde Nationale puis général des armées de l'est et du nord lors des guerres européennes.

Garou, le Comte de Beaudemont sont des personnages fictifs qui ont peut-être existé.

Hortense quant à elle est bien entendu l'aïeule de Julie, mais cela vous l'aviez bien compris.

Un grand merci à mes correcteurs et correctrices, nombreux, qui par leur patience et leur travail méticuleux ont su dénicher la faute, apporter leurs conseils et leurs idées. C'est un travail de longue haleine, qui demande persévérance et qui m'a conduit, à juste titre, à remettre plusieurs fois l'ouvrage sur le métier pour, je le souhaite... le plus grand plaisr du lecteur.

Denis Voignier

N° d'impression : 143017